Tilman Röhrig

In 300 Jahren vielleicht

»Ich habe um meine Geschichte nur das
Kleid des Dreißigjährigen Krieges gehüllt,
genauso hätte sie in Vietnam, in Beirut
oder überall dort spielen können,
wo ein Krieg stattfindet. Sie spielt dort,
wo der Mensch des Menschen Wolf ist.«
Tilman Röhrig

Tilman Röhrig,
1945 geboren, arbeitet seit 1973 freischaffend als Schriftsteller, Regisseur und Schauspieler. Bereits für sein erstes Jugendbuch »Thoms Bericht« wurde er mit dem »Buxtehuder Bulle« ausgezeichnet, zahlreiche andere Auszeichnungen folgten, u.a. der Deutsche Jugendliteraturpreis für das vorliegende Buch oder der »KölnLiteraturPreis 1990«.

Von diesem Buch liegen Übersetzungen vor ins Dänische, Isländische, Japanische, Koreanische, Niederländische, Schwedische und Spanische.

Tilman Röhrig

In 300 Jahren vielleicht

Deutscher Jugendliteraturpreis

Mit einem Nachwort von Wolfgang Benz

Arena

Mit einem Nachwort von
Wolfgang Benz, S. 151

Informationen zu Unterrichtsmaterialien
unter www.arena-verlag.de

FSC
www.fsc.org
MIX
Papier aus verantwortungsvollen Quellen
FSC® C110508

1. Auflage als Sonderausgabe 2017

Umschlaggestaltung: Juliane Hergt
Gesamtherstellung: Westermann Druck Zwickau GmbH
ISBN 978-3-401-60369-8

Besuche uns unter:
www.arena-verlag.de
www.twitter.com/arenaverlag
www.facebook.com/arenaverlagfans

Wie eine schwarze Wunde klaffte das geöffnete Portal in dem gelblich verwitterten Mauerwerk der Kirche. »Seid ihr so weit?«, fragte eine Stimme gedämpft aus dem dunklen Innenraum.

Draußen – versteckt hinter einem Grabhügel – hatte sich Elsa Hobe zusammen mit ihrem Sohn niedergekauert. Jetzt huschten die beiden über den kleinen Vorplatz bis zum Kircheneingang hinüber. Hastig entrollte die hagere Frau ein engmaschiges Netz, das mit den Längsseiten an Holzstangen befestigt war. »Nicht loslassen nachher, Tobias!«, mahnte sie. Ihre Hände umschlossen zitternd die Haltestange.

Dem Vierzehnjährigen hatte die Angst den Mund ausgetrocknet und das Schlucken würgte ihn. Während er die schweißfeuchten Hände an seinem Kittel rieb, blickte er prüfend zu den Hütten und halb verfallenen Häusern hinüber. An diesem 3. Oktober des Jahres 1641 war es warm und windstill in Eggebusch. Das Licht der Mittagssonne trieb die Schatten der Linde vom niederen Brunnendach quer über den Dorfplatz bis zur Mauer des Friedhofs hin. Innerhalb des festen Steinwalls umlagerten die Gräber dicht gedrängt den flachen Kirchenhügel. Sie reichten bis an den Pfad, der vom Mauertor herauf zum Vorplatz des schmalen Gotteshauses führte.

Niemand war am Brunnen und in der Nähe des Friedhofs zu entdecken. Tobias packte die Haltestange, presste die Lippen zusammen und nickte seiner Mutter zu.

Schnell richteten sich beide auf und spannten das Netz quer vor das offen stehende Portal.

»Jetzt, Mathias!«, flüsterte Elsa Hobe in die Dunkelheit hinein.

Scharf knackte ein Gewehrhahn. Tobias hielt den Atem an. Wie ein Donnerschlag dröhnte der Schuss durch den Kirchenraum.

Auf den Knall folgten erschrecktes Kreischen und Flügelschlagen. Die Vögel, die im Dachgebälk der Kirche ihre Nester hatten, flatterten dem hellen Ausgang zu und verfingen sich in den engen Maschen des Netzes. Ehe sie sich befreien konnten, sprang Tobias mitsamt der Netzstange zu seiner Mutter hinüber und schloss so die Falle. Gemeinsam legten sie die zappelnde Beute auf den Boden.

Hilflos schrien die Vögel. Elsa Hobe packte ein Tier nach dem anderen und riss ihnen die Köpfe ab.

»Mutter!«, stammelte Tobias, sein Herz verkrampfte sich. Mit weit geöffneten Augen starrte er auf ihre Hände.

»Den Sack. Schnell, Junge, schnell!«, keuchte Elsa Hobe. Benommen zog Tobias den Beutel aus der Tasche seines grauen Leinenkittels. Die Mutter zerrte die Öffnung auseinander und stopfte die blutenden Federkörper hinein. Vom Boden las sie die Köpfe auf und legte sie dazu.

»Wie viele sind es?« Mathias Hobe trat mit dem Gewehr in der Hand aus der Kirche ins Freie.

»Fünf. Wirklich, fünf.« Elsa Hobe blickte ihren Mann an. Das dunkle Haar hatte sich gelöst und hing ihr strähnig über die Augen, Tränen rollten die eingefallenen Wangen hinunter und vermischten sich mit dem Zucken der Mundwinkel – sie versuchte zu lächeln.

Durch den Schuss alarmiert, kamen Menschen über den Dorfplatz gelaufen. Ihnen voran humpelte Veit. Trotz seines lahmen Beines war er schneller als die anderen. Noch bevor er die Kirchhofsmauer erreicht hatte, schrie er: »Küster! Was schießt du?«

Hastig raffte Elsa Hobe das Netz und den Beutel an sich, verschwand um die Ecke der Kirche und floh über den rückwärtigen Friedhof. Tobias drängte sich dicht an seinen Vater.

Jetzt keuchte Veit den Pfad zwischen den Gräbern hinauf. Nur drei Frauen folgten ihm noch. Die anderen Dorfbewohner hatten schon auf dem Marktplatz gezögert, als sie den Küster so ruhig vor der Kirche stehen sahen.

Der alte Veit stemmte sein gesundes rechtes Bein auf die Steine des Kirchenvorplatzes. Mit dem anderen stützte er nur das Gleichgewicht. Seine Augen unter den buschigen Brauen lauerten Vater und Sohn an.

Langsam lehnte Mathias Hobe das Gewehr an die Kirchenmauer. »Wir reinigen den Dachstuhl über dem Altar. Ich habe die Vögel verjagt«, erklärte er mit ruhiger Stimme.

Veit kicherte. »Warum? Der Pfarrer ist schon lange weg.«

Unbeirrt nickte Mathias. »Gottes Haus muss sauber sein.«

Der Lahme rieb sich über die Narben in seinem Gesicht. »Wenn du in der Kirche was gejagt hast, dann gehört das uns allen!«, forderte er.

Der Küster spürte neben sich das Zittern seines Sohnes und legte ihm beruhigend die Hand auf die Schulter. »Ich hab nichts geschossen.« Damit beendete er das Gespräch.

Stumm hatten die Frauen zugehört. Eine biss sich auf die Fingerknöchel. Ihre Wangen waren bis zu den Zahnreihen eingefallen. Nur bleiche Haut spannte sich noch über Kinn und Kieferknochen.

Die blass gewaschenen Farben der zerlumpten Leinenkleider verstärkten die Hoffnungslosigkeit, die in den aufgerissenen Augen der Frauen stand. Ausgezehrt und hungrig glichen die Menschen von Eggebusch einer dem anderen.

Wortlos wandten die Frauen sich ab und verließen den Friedhof.

Veit folgte dem Küster und Tobias in die Kirche. Im trüben Dämmerlicht gingen sie über den Steinboden. Die Trümmer der zerstörten Holzkanzel waren weiß gefleckt vom Kot der Vögel. Wie ein Steinsarg stand der leere Altar vor der Stirnwand des Kirchenschiffes. Das Rundfenster hoch in der Mauer war milchig blind geworden.

»Du kannst helfen, Veit«, sagte Mathias und nahm einen langen Strick von der Altarstufe. Mit geübtem Schwung schleuderte er das mit einem Stein beschwerte Ende über den breiten Querbalken, der weit oben die Seitenmauern der Kirche verband. Der Stein fiel zurück und zog das Seil über den Balken.

Nachdem sie Tobias das andere Ende des Strickes fest um den Brustkorb geknotet hatten, gab sein Vater ihm einen langen Reisigbesen. »Hab keine Angst, wir halten dich.«

Tobias nickte. Die beiden Männer strafften das Seil und zogen den schmächtigen Jungen hinauf. Der Strick schnürte den Brustkorb unter den Achseln und seine herunterhängenden Arme breiteten sich leicht auseinander. Mit der rechten Hand hielt er den großen Besen. So schwebte Tobias am Altar vorbei langsam nach oben.

Vor dem mächtigen Holzkreuz in der Mitte der Stirnwand hielten die Männer den Jungen an. Seine Augen klammerten sich an die gekreuzten Balken. Der Körper des Christus war schon im Frühjahr herausgebrochen worden. Nur die Hände und Füße hingen wie abgehackt noch an den großen, rostigen Nägeln. Schon oft hatte Tobias vom sicheren Boden der Kirche zu dem verwundeten Kreuz hinaufgeblickt – doch die plötzliche Nähe erschreckte ihn jetzt.

»Was ist?«, fragte sein Vater besorgt von unten. Die Stimme löste Tobias aus seiner Erstarrung. »Es geht schon«, antwortete er und kehrte mit dem Besen über die leere Stelle auf den Balken, stieß ein Vogelnest vom rechten Kreuzarm – die genagelten Hände und Füße berührte er nicht.

»Weiterziehen!«, rief er den Männern zu.

Endlich hatte er die Höhe des Rundfensters erreicht. Staub und Spinnweben lösten sich von den Scheiben und jeder Strich mit dem Reisig ließ mehr Licht in das Innere der Kirche fallen. Tobias konnte jetzt durch das Fenster über die Dächer der niedrigen Häuser und weiter über die zerwühlten Äcker und aufgerissenen Wiesenhügel bis zum Waldrand blicken. Die Sonne tauchte alles in ein versöhnliches Licht.

In der Mitte der Waldlichtung verfingen sich die Sonnenstrahlen in dem ausladenden Blätterdach der Buche.

Es war still – nur das Wimmern eines kleinen Mädchens drang vom Fuß des Baumes her. Die Klagerufe wurden schon von den dichten Brombeerranken und Holunderbüschen verschluckt, die den runden Platz umstanden und die hohen Laubbäume des Waldes abdrängten.

Die Hände der Neunjährigen waren über dem Kopf zusammengebunden und ein Lederriemen riss ihre dünnen Arme nach oben zum ersten Ast der Buche. Dicht neben Elisabeths Gesicht baumelten zehn tote Waldmäuse an einem anderen Riemen. Sie waren mit den Schwänzen verknotet.

Das graue Kittelchen war ihr hochgerutscht und bedeckte den nackten Körper nur noch bis zum Nabel.

Über den schmalen Pfad zwischen den dornigen Randsträuchern schleppte Jockel einen prall gefüllten Sack. Keuchend erreichte der Fünfzehnjährige die Lichtung. Kaum hatte Elisabeth ihn entdeckt, als sie mit gellenden Schreien auf sich aufmerksam machte.

Jockel Markart grinste vergnügt und setzte den Sack vor dem Mädchen ab. Er versuchte, seiner Stimme einen männlich-harten Klang zu geben. »Was machst du hier?«, fragte er.

Als Elisabeth das feixende Gesicht des Bruders sah, fiel es ihr schwer, ernst zu bleiben. »Hilf mir, Bauer! Ich bin überfallen worden!« Sie kicherte. »Ich schenke dir auch die Mäuse dafür.«

Jockel spielte die Rolle des überraschten Bauern weiter. »Na gut. Ich bind dich los.« Umständlich nahm er sein Messer aus der Kitteltasche und reckte sich zu den Lederriemen.

Aus den Holunderbüschen hinter seinem Rücken tauchten jetzt vier andere Kinder auf und schlichen quer über die Lichtung zur Buche. Die beiden halbwüchsigen Mädchen hielten kurze, armdicke Äste in den Händen. Auf Zehenspitzen folgten ihnen zwei kleine Jungen.

Maria und ihre Freundin schwangen die Knüppel, als wollten sie Jockel von hinten den Schädel zertrümmern. Unmittelbar über seinem Kopf bremsten sie die Schläge ab. Wie getroffen ließ Jockel das Messer fallen und stürzte neben dem Baum zu Boden.

Johlend tanzten die Kinder um den liegenden Bruder herum. Immer noch an den Baum gefesselt, strampelte Elisabeth vergnügt mit den Beinen. »Der Bauer ist tot. Tot. Tot!«, krähte sie.

Ihre beiden Brüder, der sechsjährige Leonhard und der zehnjährige Valentin, entdeckten gleichzeitig die gute Gelegenheit. Mit ausgestreckten Händen näherten sie sich und begannen unter Siegesgeheul, die wehrlose Schwester zu kitzeln.

Jockel drehte sich auf den Rücken und verschränkte die Arme hinter seinem Kopf. Zufrieden grinste er zu dem größeren Mädchen hinauf. »So wird's gemacht. Ganz einfach.«

Anne Hobe, die dreizehnjährige Tochter des Küsters von Eggebusch, warf den Knüppel neben den Sack. Sie blickte die gleichaltrige Freundin an. »Ich könnte nie einen Menschen erschlagen.«

Maria zuckte mit den Achseln. »Ich auch nicht. Aber der Hunger ist schlimm. Ich weiß nicht.«

Ruckartig hoben die beiden Mädchen die Köpfe und starrten zu der Stelle hinüber, an der der Pfad die Brombeerbüsche durchbrach.

In das ausgelassene Toben der Kleinen mischten sich vom Wald her Rufen und anderes Lachen. Jockel setzte sich auf.

Scharf befahl er den dreien am Baum, still zu sein. Sofort hielten die Kinder den Atem an.

Befehle von Frauenstimmen, Zurufe und Antworten von Kindern wurden immer lauter.

Sofort war Jockel auf den Beinen. »Maria, trag du den Sack!«, zischte er. Gleichzeitig schob er Anne zum Baum. »Du nimmst die Mäuse. Schnell.«

Schon stand Jockel neben Elisabeth. Er versuchte, die Handfesseln zu zerreißen.

Zu fest. Sein Herz schlug hart.

Das Messer lag zwischen den Wurzeln der Buche, die wie Arme in den Boden griffen. Jockel packte den Dolch und richtete sich wieder auf.

In diesem Moment brachen gut fünfzehn Kinder durch das Unterholz am Rand der Lichtung und formierten sich zu einem Halbkreis. Jockel schätzte die größten nicht älter als zwölf Jahre. Die Fremden trugen schmutzig bunte Jacken über den Kitteln. Einige hatten Körbe, andere halb gefüllte Beutel in den Händen. Geschlossen näherten sie sich der Buche.

Jockel stellte sich vor Elisabeth. Bereit zum Angriff, hielt er das Messer mit der Spitze nach oben. Die Feindseligkeit der Fremden umschloss seinen Magen wie eine Eisenklammer.

»Nicht weiter!«, brüllte er. Rechts von ihm stand seine Schwester, auf der anderen Seite Anne Hobe. Beide hatten wieder ihre Knüppel in den Händen.

»Ich stech jeden ab, der näher kommt.« Jockels Stimme überschlug sich.

Seine beiden Brüder umarmten beschützend die gefesselte Elisabeth.

Für einen Moment hielt die Drohung den Halbkreis auf. Ein Mädchen mit struppig blonden Haaren trat noch zwei Schritte vor und grinste. »Was habt ihr da in dem Sack?« Die Zähne der Anführerin waren nur schwarze Stummel.

Jockel schwieg, doch der kleine Leonhard rief kampflustig: »Das sind unsere Rüben! Unsere Nüsse!«

Jockel fuhr ihn an: »Sei still!«

Der Kleine ließ sich nicht aufhalten. »Und die Mäuse haben wir ganz allein gefangen, die schmecken besser als Ratten!«

Hungrige Gier sprang in die Augen der fremden Kinder. Sie setzten die Beutel und Körbe ab und plötzlich hatten sie Messer in den Händen. Langsam schob sich der Halbkreis weiter auf die Mitte der Lichtung.

»Keinen Schritt mehr!«, fauchte Jockel, doch er wusste, wie sinnlos jetzt noch jedes Warnen war.

»Angriff!« Die helle Stimme der Anführerin schrillte über die Köpfe der Bande. Wie gezückte Säbel hielten die Fremden ihre Dolche in den Händen und stürmten auf die Buche zu.

Maria und Anne wirbelten die Knüppel über ihren Köpfen. Jockel sprang auf die Anführerin los. Sein Fuß traf hart ihren Messerarm. Schmerzvoll schrie das Mädchen auf und ließ die spitze Waffe fallen. Jetzt griff Jockel wild nach dem mageren Hals und setzte der Anführerin die Schneide seines Messers an die Kehle. »Aufhören! Sonst schneid ich ihr die Gurgel durch!«

In seiner Angst um die Geschwister hatte Jockel nicht bemerkt, dass der Angriff längst schon wieder unterbrochen worden war. Einen Augenblick lang starrte er verblüfft in die höhnischen Gesichter der Fremden. Dann wurde er von hinten an den Haaren gepackt und sein Kopf zurückgerissen. Gleichzeitig erschienen große Gestalten neben ihm und schlugen seine Arme herunter. Jockel erkannte nur Augen, zerrissene Uniformjacken, glitzernde Ohrringe – Hexen, schoss es ihm durch den Kopf. Ein heftiger Stoß in den Rücken bog seinen Körper weiter nach hinten. Mit den Fäusten schlugen sie ihm den Atem aus dem Leib, dann sah er nur noch einen Pistolenknauf. In seinem Kopf zersprang das Bewusstsein.

Der erste Gedanke, der ihn wieder erreichte, ließ den Griff der Pistole heruntersausen. Jockel schrie und riss die Augen auf. Er lag am Boden, Maria und Anne knieten neben ihm.

»Wo sind sie?«, stammelte er.

»Fort.« Anne strich vorsichtig über seine Haare.

»Wie geht es den Kleinen?« Jockel verschluckte sich an seinem Speichel, er hustete. Maria stützte ihn. »Sie haben uns nichts getan.« Die Schwester stockte. »Den Sack und die Mäuse haben sie mitgenommen. Was wird Mutter sagen?«

Jockel schloss die Augen. »Soldatenweiber«, murmelte er und spürte, wie Übelkeit in ihm aufstieg. Er stöhnte: »Das waren Soldatenweiber.«

Plötzlich war er ganz wach und setzte sich auf. Sein Kopf schmerzte. Fest presste er beide Hände an die Schläfen.

»Sie sind wieder da!«

Jetzt begriffen auch die beiden Mädchen. Wenn Truppen in der Nähe lagerten, dann schwärmten Frauen und Kinder aus, die mit dem Tross zogen. In den Wäldern sammelten sie Beeren und Pilze. Auf den schon lange nicht mehr bestellten Äckern suchten sie nach Getreideresten und durchwühlten die Erde nach Rüben und wild gewachsenen Möhren. Später plünderten sie in den Häusern und nahmen das, was die Soldaten nicht schon weggeschleppt hatten. Ihre Kinder lernten stehlen und morden wie andere das Singen und Beten.

Jockel erhob sich mühsam. Elisabeth schluchzte. Sie stand immer noch gefesselt an dem glatten Stamm der Buche. Valentin hatte beide Arme um sie geschlungen und weinte mit ihr. Der Fünfzehnjährige fand sein Messer im grasigen Waldboden und schnitt die Lederriemen durch.

Leonhard fehlte!

»Wo ist der Kerl?« Jockel blickte sich suchend um. Jetzt riefen alle nach dem Jüngsten. Vom Wald her kam eine dünne Antwort. Jockel befahl den anderen zu warten und verließ rasch die Lichtung.

Er fand Leonhard auf dem Boden kauernd neben einem etwa gleichaltrigen Jungen.

Ein Soldatenkind! Es lag da – Schweiß stand auf der blassen Stirn und Blut hatte seine Wangen verschmiert. Mit jedem Keuchen quoll ihm neues Blut in Stößen aus dem Mund. Der Junge hatte sich das Hemd aufgerissen – seine Brust war blauschwarz verfärbt. Unter den Achseln war die Haut in Rissen aufgeplatzt. Zärtlich streichelte Leonhard dem Stöhnenden die Stirn.

Wie gelähmt starrte Jockel auf das fremde Kind. Nur einen Moment lang, dann stürzte er sich mit einem Schrei auf seinen Bruder und riss ihn von dem kranken Soldatenjungen weg.

Die Pest! Jockel kannte ihre Zeichen, die sich erbarmungslos aus dem Körper nach außen drängten.

Verzweifelt schüttelte Jockel den kleinen Bruder. »Niemand sagst du etwas! Verstehst du?«

Leonhard schüttelte den Kopf. »Aber es tut ihm doch weh.«

Angsttränen standen Jockel in den Augen. »Leonhard. Wir erzählen niemand von dem Jungen hier. Hörst du? Seine Mutter wartet nur, bis wir weg sind. Dann holt sie ihn.«

Das begriff Leonhard. Jockel zog den Sechsjährigen von dem sterbenden Kind weg und brachte ihn zur Lichtung. »Wir müssen nach Hause.«

Wortlos gingen Anne und die übrigen Geschwister voran. Jockel folgte – er hielt Leonhard fest an der Hand.

Sie gingen neben dem spitzsteinigen Fahrweg den Waldrand entlang. Leonhard zog an der Hand des großen Bruders. Endlich gab Jockel ihn frei und der Sechsjährige rannte nach vorn zu Elisabeth und Valentin. »Huh, ich bin der Bauer!« Er hüpfte mit den bloßen Füßen über Disteln, die schon verwelkt den Weg säumten.

Übermütig alberten die drei Geschwister und liefen, dabei versuchte einer, den anderen zu überholen. Den Überfall bei der Buche hatten sie schon mit dem nächsten Spiel überwunden.

Sobald der Weg vom Waldrand abknickte und sich gerade zwischen den Wiesen und Äckern nach Eggebusch hinunterzog, kugelten sich die Kleinen über das Gras. Mit den Köpfen voran, den zappelnden Beinen in der Luft und wieder den Köpfen voran.

Jockel hatte Anne und Maria eingeholt. Der Kopf schmerzte ihm. Seine Schwester untersuchte die Beule. »Sie ist nicht aufgeplatzt.« Leicht drückte sie mit der Fingerkuppe auf die harte Schwellung. Sofort zuckte ihr Bruder zusammen.

Anne stieß die Freundin zur Seite. »Du tust ihm ja weh.«

Maria grinste leicht und überließ der Tochter des Küsters die Verletzung. Sanft blies Anne auf die Beule, dabei hielt sie Jockels Kopf mit beiden Händen. Sie musste sich zwingen, die Freundin nicht anzublicken.

Einen Moment lang empfand Jockel die Fürsorge als tröstend – dann aber entzog er sich Annes Händen.

»Es geht schon«, murmelte er. Ihre Behutsamkeit war ihm plötzlich zu viel und er strich sich die blonden Haare aus dem Gesicht. Dazu ärgerte er sich über das Grinsen seiner Schwester.

»Der Tobias kommt!« Elisabeth saß zwischen ihren Brüdern auf einem Wiesenstück und winkte mit den Händen.

Fast hatte der Sohn des Küsters die Gruppe schon erreicht. Atemlos stand er dann vor Jockel. »Der Vater hat mich gehen lassen.« Fragend blickte er die Mädchen und den Freund an. »Warum seid ihr nicht mehr bei der Buche?«

Maria zeigte auf den Kopf ihres Bruders. »Sie haben Jockel niedergeschlagen.«

Jetzt berichteten die Großen, die Kleinen riefen dazwischen und langsam begriff Tobias, was im Wald geschehen war.

Wieder krallte sich das Wort »Soldatenweiber« in die Erinnerung der jungen Menschen. Wie große Aasvögel waren solche Frauen im Frühjahr durch die Stuben und Ställe von Eggebusch gezogen. Man gab ihnen zwei Hühner, um das Versteck des letzten Huhns zu schützen. Das Bitten und Flehen der Mütter erreichte diese gierigen Frauen nicht. Sie rafften Tiegel und Schüsseln zusammen – dabei verständigten sie sich mit abgehackten, harten Lauten.

»So sprechen sie in der Hölle«, hatte Jockel damals zu Tobias gesagt.

Der Sohn des Küsters las einen runden Kiesel zwischen den spitzen Steinbrocken des Weges auf und warf ihn weit über die Wiese, als könnte er so die Erinnerung an das Frühjahr fortschleudern. »Vielleicht . . .« Er schwieg.

Und an dieses Vielleicht klammerte sich auch die Hoffnung seines Freundes und die der Mädchen.

Ein Pferdekarren rumpelte gefährlich schnell oben den Wald entlang und erreichte die Kurve. Das Äußere der beiden großen Räder rutschte über den Fahrweg hinaus, doch der Mann auf der Kutschbank hieb mit der Gerte auf das Pferd ein, dass es wiehernd den Karren zurück in die Spurrinnen brachte. Mit ausholenden Sätzen jagte es jetzt den Hügel hinunter, die Nüstern weit nach vorn gestreckt. Immer wieder peitschte der Lenker auf die Kruppe des Gauls und zwang ihn schneller voran.

Gebannt starrten die Kinder dem kastenförmigen Wagen entgegen. Schon hatte er sie erreicht. Für Augenblicke erkannte Tobias das angstverzerrte Gesicht des Dorfvogts, die polternden Räder – dann tobte der Karren weiter hinunter in Richtung Eggebusch.

Elisabeth und Leonhard juchzten – Valentin patschte begeistert die Hände zusammen.

Doch jetzt gellten Pfiffe und schlugen Hufe. Drei Reiter folgten dem Wagen, die Köpfe dicht über die Mähnen ihrer Tiere. Die Stiefelabsätze schlugen in die Flanken und dunkle, zerfetzte Schulterumhänge flatterten in dem wilden Rhythmus wie Flügel.

An den Kindern vorbei und immer näher dem Karren – doch dann waren die ersten Häuser von Eggebusch schon zu nahe.

Die Reiter richteten sich auf – die Gäule stiegen und endlich standen sie zitternd. Wie gebrochene Fledermausschwingen hingen die Umhangfetzen von den Männern herab und an den Pferdeleibern herunter. Unbeweglich beobachteten die Verfolger den Karren, der von den bräunlichen Hütten aufgenommen wurde.

Jockel und Tobias waren mit den Geschwistern quer über den tief zerfurchten Wiesenhügel hinuntergerannt. Jetzt standen sie in sicherer Entfernung und starrten die Reiter an.

Ihre Gesichter waren von struppigen Bärten mundlos und grauer Schmutz zog sich über Nasen und Augen nach oben bis unter die breiten Ränder der federlosen Hüte. Wie verbogene Speerspitzen hingen die Säbelschneiden von den Gürteln und die gebauschten Hosen verschwanden in den Trichterschlünden der Stiefel.

Elisabeth, Valentin und Leonhard drängten sich dicht an die großen Mädchen und hatten die Hände vor ihre Gesichter gepresst. Stumm rieb Jockel die Fäuste aneinander. Seine Verletzung pochte im Herzschlag.

Tobias flüsterte: »Soldaten.« Plötzlich sah er wieder die Vogelleiber auf dem Netz liegen, bevor seine Mutter sie in den Sack stopfte. »Alles voller Blut«, hauchte er.

Nach einer kurzen Wende trieben die Landsknechte ihre Pferde den Fahrweg zurück, hinauf zum Waldrand, dann wurden sie von der Wegbiegung verschluckt.

Jockel öffnete die Fäuste, legte die Hände zu einem Trichter vor den Mund und brüllte: »Soldaten!« Der Schrei stach ihm wie eine Spitze in den Kopf. »Soldaten!« Und wieder: »Soldaten!«

So hetzte er in die Richtung des Kirchturms.

»Soldaten! Soldaten!«, brüllten jetzt auch die anderen und folgten ihm.

Der Pferdekarren des Dorfvogtes stand neben der Linde. Soldaten!

Dieser Ruf gellte über den Marktplatz. Ohne abzusetzen, schrie der gedrungene Mann gegen die Häuser und in die Gassen. Mit der Amtsglocke schellte Veit vor den Hüttentüren. Soldaten!

Seit er aus einer verlorenen Schlacht nach Monaten zurück ins Dorf gehumpelt kam, war er zum Amtsdiener ernannt worden.

»Sie kommen!«

Aufgeschreckt stürzten die Bewohner von Eggebusch aus den Stuben, aus den Türen, durch die engen Straßen.

»Wo?!« – »Noch nicht!« – »Aber in der Nähe!«

Kinder weinten, Männer brachten Sensen und Dreschflegel und Frauen bewaffneten sich mit Stöcken.

Jetzt erreichten auch Jockel und Tobias den Dorfbrunnen. Soldaten!

Die Rufe eilten aus allen Richtungen und vereinigten sich auf dem Marktplatz. Das Entsetzen in diesem Wort war immer wieder neu. Außer Veit kannte niemand in Eggebusch ein Schlachtfeld. Niemand außer ihm hatte je die vielen Tode der Landsknechte gesehen – flüchtige durch den Zufall, quälende im langen Kampf.

Hier in Eggebusch waren die Soldaten unverwundbar. Geld wurde den Truppen kaum bezahlt. Von ihren Kriegsherren erhielten sie Dörfer und Städte als Sold. Sie mussten sich selbst versorgen. Der kleine Ort bedeutete für die Söldner nur eine der tausend Vorratskammern, die sie plünderten und zerstörten. Hier galten nur ihr Hunger, ihre Gier.

Der Dorfvogt war auf seinen Karren gestiegen. Um ihn herum drängten sich die wenigen Menschen, die der jahrelange Krieg noch übrig gelassen hatte. Fünfzig abgezehrte Gesichter, die Kinder mitgezählt.

Mit ausgestrecktem Arm zeigte er über die flachen Hügel nach Osten. »Drüben am Fluss. Die Reitertrupps sind schon da. Sie schlagen ein Lager auf. Es sind unsere!«

»Unsere!« Der Vater von Jockel, Christoph Markart, spuckte das Wort auf den Boden.

»Gott steh uns bei!« – »Herr, erbarme dich unser!«, flehten Stimmen aus der Gruppe.

In Eggebusch wusste niemand mehr, zu wem sie gerade gehörten; es war gleichgültig: Lagerten drüben am Fluss Schweden, Brandenburger, Italiener, Kaiserliche – die anderen oder die Unseren –, sie plünderten und mordeten, zerrissen die Orte und Menschen mit großen Bissen wie Wölfe.

Elsa Hobe fand ihren Sohn Tobias und Anne bei den Halbwüchsigen des Dorfes. Jockel murmelte: »Wenn ich Soldat wär – ich würd alle Soldaten erschlagen.«

Knapp rief die Frau des Küsters ihre beiden Kinder und eilte mit ihnen nach Hause. Mathias stand noch bei den wenigen Männern. Mit warnender Stimme humpelte Veit von einem zum anderen. »Wehrt euch nicht! Ich sag's euch.

Wehrt euch nicht, sonst erschlagen sie euch gleich. Ich sag's euch.«

Ursula Markart, die Mutter von Jockel und den vier Geschwistern, schob sich zwischen die Frauen. Ihre Hand berührte das über dem Bauch gewölbte Leinenkleid, als wolle sie das Ungeborene beruhigen und trösten. »Versteckt euch. Verkleidet euch und die Mädchen zu hässlichen Weibern.«

Die Frauen nickten. Seit mehr als zwanzig Jahren hatten sie sich selbst und ihre Töchter immer wieder vor der rohen Lust der Söldnerheere verborgen. Sie hatten gezittert, wenn eine Nachbarin nackt auf die Gasse gezerrt wurde, gleich fünf grölende Ungeheuer über sie herfielen und sie dann mit abgeschnittenen Brüsten tot zurückgelassen hatten.

Der Dorfvogt stand noch auf dem Wagen, er hob die Hände. »Vielleicht kommen sie morgen. Vielleicht erst übermorgen –«

»Vielleicht heut Nacht!«, schrie Christoph Markart. Der Dorfvogt schwieg und blickte den Weißgerber an. Dann sprach er leise: »Ja, vielleicht. Geht nach Hause. Gott schütze uns!«

Er nahm die Zügel auf, schnalzte mit der Zunge und ließ das Gespann langsam über den Dorfplatz rollen.

Die Mütter riefen nach den kleinen Kindern, die Halbwüchsigen nahmen die Geschwister an den Händen, die alten Frauen schlurften hinter ihnen her und die Männer folgten den kleinen Gruppen – ihre Sensen und Dreschflegel trugen sie wie nutzlos gewordene Waffen.

»Jockel, kommst du nicht?« Christoph Markart wandte

sich um und blickte zurück. Sein Sohn stand unschlüssig neben dem Brunnen.

»Gleich, Vater.«

Jetzt hastete Jockel über den Dorfplatz.

»Du kommst sofort mit!«

Eilig entfloh er dem Befehl seines Vaters und erst in der gegenüberliegenden Gasse verlangsamte er den Schritt.

Die späte Sonne war im Westen hinter den weit entfernten Anhöhen verschwunden. Ihr Licht trennte die Hügelketten mit einer scharfen Linie von dem mattblauen Himmel und drang nicht mehr in die Enge zwischen den Häusern und Hütten. Die Gasse war breit genug, um einen Feldwagen hindurchzulassen. Doch Jockel ging genau in der Mitte der kleinen Straße. Unbehaglich hütete er sich, den Hauswänden zu nahe zu kommen. Die Türen waren herausgerissen und die Fensterhöhlen leer.

Totenschädel, ging es Jockel durch den Kopf.

»Früher war jedes Haus in Eggebusch bewohnt«, erzählte seine Großmutter. »Damals, vor dem Krieg . . .«, und ihre Stimme klang dann so, als erzähle sie ein altes Märchen.

Doch soweit Jockel sich zurückerinnern konnte, standen einige dieser Häuser schon immer leer. Dann, vor sechs Jahren, als die Soldaten nicht nur einmal oder zweimal im Jahr auftauchten, sondern Monat für Monat über Eggebusch hergefallen und in die Häuser und kleinen Gehöfte eingebrochen waren, damals war mehr als die Hälfte der Einwohner von Eggebusch umgekommen.

An einem dieser schrecklichen Morgen war Jockel zusammen mit Tobias hinter dem Leiterwagen hergeschlichen, auf den die Toten der vergangenen Nacht gelegt wurden. Der Vater von Tobias hatte mit dem Pfarrer die Leichen gezählt –

mehr als vierzig. Und zurück blieben die Häuser, verfallen – nur große graue Ratten huschten durch die leeren Räume. Sobald jetzt die Söldner der Heere in der Nähe lagerten, hoben die Familien ihre Haustüren aus den Angeln, nahmen die Fenster heraus und versteckten sich selbst im Stall. So musste die plündernde Meute lange suchen, ehe sie ein von Menschen bewohntes Haus fand – und oft tobte sie in ihrer wilden Gier vorbei.

Jockel beeilte sich, aus den Gassen herauszukommen. Totenkopfhäuser – und auf den Simsen ihrer Augenhöhlen lauerten nachts die grauen Fresser, die immer überlebten.

Endlich erreichte er den kleinen Hof des Dorfvogts. Die beiden Flügel des Holztors waren bereits geschlossen. Doch der Sohn des Weißgerbers kannte eine Stelle zwischen Scheune und angrenzender Hütte. Vorsichtig nahm er zwei lose Bretter heraus, zwängte sich hindurch und schlich lautlos an der Scheunenwand entlang.

Aus der offen stehenden Tür fiel der schwache Schein des Talglichts in einem Streifen quer über den kleinen Innenhof. Jockel drückte sich an dem hinteren Verschlag vorbei. Aus dem Inneren hörte er das leise Schnauben des Pferdes. Zusammen mit der letzten Ziege hatte der Dorfvogt hier seine Tiere versteckt.

Unbemerkt erreichte der Fünfzehnjährige das Fass, in dem das Regenwasser aufgefangen wurde. Dies war sein Platz. Von dieser Stelle aus konnte er gefahrlos in die Küche des Dorfvogts hinüberblicken.

Er hatte Glück. Sein hastiger Atem schien ihm plötzlich zu laut und er presste sich dichter an die Tonne. Vor dem Küchentisch stand Katharina und beugte sich leicht nach vorn. Die Frau des Dorfvogts wickelte ihrer Tochter hastig das Kopftuch ab, das wie ein Verband die Haare verbarg. Jetzt schimmerten kleine rötliche Locken im Kerzenlicht. Katharina wandte sich zu ihrem Vater und senkte den Kopf. Der Dorfvogt nahm ein Messer ünd schabte behutsam die weichen Haare ab – vom Nacken her bis zur Stirn. Wie leichter Flaum fielen sie auf den Küchentisch.

Es ist nicht rot, dachte Jockel. Nein, eher blond oder goldfarben. Es gibt alte Frauen im Dorf, die schlagen ein Kreuz: Rote Haare sind die Feuerflammen des Bösen. Sie wachsen aus der Hölle. Es gibt Leute im Dorf ...

Wenn einer von denen Katharina anrührt, dachte Jockel, dem schneid ich die Kehle durch.

Die Mutter streichelte immer wieder über die Hände ihrer Tochter und Jockel empfand diese Fürsorge wie seine eigene Zärtlichkeit.

Endlich legte der Vater das Messer zurück auf den Küchentisch. Jetzt vermummten die Eltern ihr Kind mit alten Lumpen und beschmierten die hellen Wangen mit Ruß aus dem Kamin. Jockel nickte zufrieden. Bei einem flüchtigen Blick würde kein Soldat diese hässliche Gestalt dort für ein junges Mädchen halten.

Schnell schob der Dorfvogt den Tisch zur Seite, öffnete eine Bodenklappe und Katharina stieg hinunter. Jockel reckte sich, er sah noch ihre Hände, dann war das Mädchen in dem engen Vorratsschacht verschwunden. Die Falltür wurde geschlossen und mit Stroh machten die Eltern den Einstieg unkenntlich.

Jockel atmete ruhiger, Katharina war in Sicherheit vor dem Unheil, das am Fluss hinter den Hügeln lauerte.

Der Sohn des Weißgerbers schlich den gleichen Weg zurück und setzte die beiden Bretter wieder ein. In Eggebusch war es still geworden. Das Zwielicht des Abends zeichnete die Häuser in schwarzen Silhouetten.

Keuchend erreichte Jockel die niedrige Mauer, die rings um die Wohnhütte, den Stall und die Werkstatt aufgeschichtet war. Mit einem Satz sprang er hinüber.

Die Stalltür stand offen. Maria hielt die Ziege fest an den Hörnern. Neben dem ausgemergelten Tier kniete der Vater und melkte in kurzen Strichen das Euter. Nur spärliche Milchstrahlen sammelten sich in der flachen Schale.

»Wo treibst du dich rum?«, knurrte Christoph Markart seinen Sohn an. Ruhig stand Jockel an der Stalltür.

»Helfen sollst du uns!« Die Stimme des Vaters wurde lauter. »Den ganzen Tag wart ihr im Wald und nichts bringt ihr nach Hause.«

Maria blickte rasch zu ihrem Bruder, dann verteidigte sie ihn: »Aber Vater. Glaub doch, sie haben Jockel niedergeschlagen.«

Christoph Markart lachte bitter. »Von Kindern und Frauen!«

Heftig zog der Weißgerber an den Zitzen, sodass die Ziege mit den Hinterläufen nach seinen Händen trat. »Was soll nur aus uns werden?« Der große Mann schüttelte langsam den Kopf.

Jockel wandte sich um und ging zur Hütte hinüber. Er konnte sich nicht verteidigen. Die Verzweiflung in der Stimme seines Vaters machte ihn stumm.

Aus der Hütte drang das Kichern der kleinen Geschwister. Jockel schob die Tür auf. Gerade versuchte Valentin, mit weit vorgerecktem Kopf in den Tiegel zu gucken, der an einem Dreibein über dem steingemauerten Herd hing.

Ursula Markart rührte mit einer Holzkelle in dem Brei. »Gib acht, Valentin, sonst koch ich dich mit.« Lächelnd zog sie den Zehnjährigen an den Haaren von dem offenen Feuer weg.

»Fleisch«, kicherte Elisabeth. »Dann essen wir heute doch noch Fleisch.« Sofort stürzte sich Valentin auf die Schwester und balgte sich mit ihr über dem gestampften Lehmboden der Hütte.

Still betrachtete Jockel seine Mutter, bis sie von dem Tiegel aufschaute.

»Wie geht es dir?«, fragte er vorsichtig.

»Es strampelt in meinem Bauch.« Ursula Markart seufzte. »Ich hoffe nur, es kommt nicht, wenn die Soldaten hier sind.«

Erschreckt schluckte Jockel. An diese Möglichkeit hatte er noch gar nicht gedacht. »Wie geht es dir?«, fragte er wieder. Die Mutter blickte liebevoll in die besorgten Augen ihres ältesten Sohnes. »Nein, heute noch nicht, Junge – aber in den nächsten Tagen.« Damit nahm sie ein Holzscheit von dem rechten der Feuerböcke, die an beiden Seiten neben dem Herd standen, und legte es auf die Glut.

Für eine Weile sah ihr Jockel noch zu – dann riss er sich los und durchquerte den Raum bis in den zurückliegenden Teil. Die Ecke war ausgelegt mit heugefüllten Säcken. Hier war die Schlafstatt der ganzen Familie.

Dicht an der Bretterwand hockte der kleine Leonhard. Mit beiden Händen umklammerte er eine faltige Hand, die zwischen den Lumpendecken herausschaute. Sobald Jockel sich an das trübe, rauchdurchzogene Licht gewöhnt hatte, erkannte er das eingefallene Gesicht seiner Großmutter. Sie hatte die Augen geöffnet und starrte leer zur Balkendecke.

»Großmutter spricht nicht mit mir«, beschwerte sich der Kleine. »Sie stöhnt immer.«

Jockel nickte. »Großmutter stirbt bald.«

»Warum?«, fragte der Sechsjährige und schüttelte die kraftlose Hand.

»Sie ist alt.« Plötzlich sah Jockel wieder den Soldatenjungen auf dem Waldboden liegen. Der ist längst tot, fuhr es ihm durch den Kopf. Längst tot. Er versuchte, den Gedanken an die Pest zu vertreiben. Aber Leonhard hatte den Kranken berührt und ihm das Blut aus den Mundwinkeln gewischt. Nein, Leonhard wird nicht krank. Er nicht! Jockel biss sich fest auf die Unterlippe – der Schmerz konnte die Furcht nicht vertreiben.

Mitten auf dem grob gezimmerten Brettertisch dampfte in einer Tonschüssel der Brei aus Rüben, Grassamen und Brennnesseln. Der Tisch war hoch und die Kleinen mussten auf Holzklötzen stehen, nur die Eltern, Maria und Jockel saßen auf einfachen Schemeln.

Christoph Markart nickte seiner Frau am gegenüberliegenden Tischende zu und alle falteten die Hände. Valentin blickte den Vater bittend an.

»Also gut, dann zeig, was du beim Küster gelernt hast.« Schmunzelnd gab der Weißgerber der stummen Bitte nach.

Der Zehnjährige richtete den Oberkörper auf und senkte dann die Augen auf die fest verschränkten Finger.

»Tu auf, Herr, Deine milde Hand!
Auf Dich ist aller Blick gewandt,
Der Du von allem, was da ist,
Der Schöpfer und Versorger bist.«

Valentin schnappte nach Luft. Dann fuhr er mit heller Stimme fort – jedes Mal glücklich, über die Textklippen hinweg zu dem nächsten Reim zu finden.

»Du hast uns auch bisher genährt,
Was wir bedurften, uns gewährt,
Und wirst es künftig nicht entziehen,
Wenn wir voll Glaubens zu Dir fliehen.«

Dem Jüngsten dauerte das Gebet zu lange. Langsam schob er seinen Löffel über die Tischplatte bis zur Schüssel, fasste ihn fester und hob ihn über den Rand. Ohne die Andacht zu unterbrechen, schlug Christoph Markart seinem Sohn auf die kleine Hand. Leonhard schob schuldbewusst den Löffel wieder zurück, faltete die Hände, versuchte vergeblich, die Stirn zu runzeln, und schloss die Augen.

Valentin hatte den Vers wiedergefunden. Jetzt sprach er schneller.

»Lass uns zwar satt, doch mäßig sein,
Uns Deiner Güte dankbar freun,
Und nie vergessen im Genuss,
Dass auch der Arme leben muss.«

Der Zehnjährige strahlte und vergaß in seiner Erleichterung, auch das letzte Wort des Gebetes zu sprechen.

»Amen«, kam es zittrig von der Schlafstatt her. Für einen Augenblick wandten alle den Kopf zur Großmutter hin, dann aber starrten die Kinder erwartungsvoll auf die Hand des Vaters. Endlich ergriff er seinen Löffel und tauchte ihn in den Brei. Nach ihm füllte die Mutter ihren Löffel. Jetzt erst durften auch die Kinder mit dem Essen beginnen.

Maria blickte wieder zur Sterbenskranken hinüber. »Darf ich ihr ein Schälchen bringen?«, bat sie die Mutter.

»Erst wenn wir satt sind.«

»Aber die Großmutter . . .«, fuhr das Mädchen auf.

»Maria!«, ermahnte Ursula Markart. Gehorsam löffelte die Tochter und schwieg.

Der Weißgerber hatte stumm die Brauen hochgezogen. Er liebte es nicht, wenn bei Tisch gesprochen wurde. Obwohl in diesen Jahren alle Gesetze, alle Ordnung mit in den Sog des Kriegsstrudels gestürzt waren, versuchte er, sich selbst und der Familie den Halt zu bewahren, den er von seinem Vater übernommen hatte – mehr als nur ein Gebet, mehr als den ungeregelten Besuch seiner Kinder beim Küster, der gleichzeitig Lehrer von Eggebusch war. Auch wenn Gewalt und Hunger ihn schmerzvoll zwangen, Gewissen und Glauben immer weiter auszuhöhlen, wollte Christoph Markart nicht auch die letzten gewohnten Formen preisgeben.

Solange er und seine Frau noch nicht satt waren, warteten die Kinder jedes Mal ungeduldig, bis die Eltern ihre gefüllten Löffel zum Mund führten. Erst dann schaufelten gleich fünf Holzlöffel den Brei. Jockel dachte sehnsüchtig an die Waldmäuse. Wie sehr hätte ihr bisschen Fleisch die Rübenmahlzeit verbessert.

Das Klappern der Holzlöffel wurde durch weit entfernte Schüsse unterbrochen.

Wie gelähmt starrten alle zur Hüttentür und zu der mit Lumpen verhangenen Fensteröffnung. Dann sprang der Weißgerber auf. »Ursula, verschwinde mit den Kleinen in die Werkstatt hinter den Lohkäsrahmen!« Der Befehl war knapp. »Maria, nimm die Decke von der Großmutter, wickle dich ein und leg dich in den Mist neben der Lohgrube. Wühl dich rein und rühr dich nicht!«

Jockel stürzte zu den großen Messern, die unter dem Wandregal hingen. Eins nahm er an sich, das andere gab er seinem Vater.

Zuerst warf Ursula Markart die Löffel in den Rest des Rübenbreis, dann nahm sie die Schüssel. »Kommt schnell!«, rief sie und verschwand mit den drei Kleinen nach draußen. Maria folgte, die Lumpendecke hatte sie wie einen Mantel umgeworfen.

Mit einem Schub leerte der Weißgerber die hölzerne Aschenkiste in die Herdglut, dann rannte er zusammen mit Jockel hinüber zum Stall. Sie zerrten die laut schreiende Ziege ins Freie, banden ihr das Maul mit einem Lederriemen, fesselten die schmalen Läufe aneinander und trugen das verängstigte Tier hinter die Wohnhütte. Hier bedeckten sie die Ziege mit vertrockneten Zweigen und alten Brettern.

»Jetzt aufs Dach!«, zischte der Weißgerber. Vater und Sohn stiegen hinauf und legten sich flach auf das mit eckig gestochenen Grasnarben abgedichtete Hüttendach.

Das Trommeln der Hufe näherte sich vom Fahrweg her – mit jedem Atemzug wurde es lauter. »Wenn wir doch nur unsere Kirchenglocken noch hätten!«, schimpfte der Weißgerber. »Nicht alle können die Schüsse gehört haben. Wir müssen warnen.« Er richtete den Oberkörper auf und schrie in alle Richtungen: »Soldaten!«

Sein Alarm wurde in der Nachbargasse aufgenommen und weitergegeben.

»Soldaten!«, von der Kirche her. »Soldaten!«, endlich auch vom nördlichen Ende des Dorfes.

Dann fiel eine lähmende Stille über Eggebusch. Das Trappeln der Pferde verstummte.

»Was ist? Reiten sie weg?« Ungläubig stöhnte Jockel auf.

»Bleib liegen!«, flüsterte der Vater. »Sie kommen. Sie zünden ihre Fackeln an . . .«

Weiter kam er nicht, denn jetzt sprengten die Pferde die Straße zum Dorfplatz hinauf. Ihre Reiter waren in der Dunkelheit nicht zu erkennen. Es war, als näherten sich nur brennende Fackeln. Der Trupp konnte nicht groß sein, denn die unruhigen Lichtpunkte teilten sich nicht. Gasse für Gasse flackerten die Flammen an jeder Hauswand entlang – wie Hunde spürten sie nach Beute.

Dann sammelten sie sich vor einem Haus. Jetzt waren auch die Umrisse der bewaffneten Gestalten zu erkennen. Drei von ihnen sprangen ab und stürmten hinein. Jockel hörte das Poltern und Zerschlagen von Holz.

Plötzlich schrie ein Mann, er schrie, bis die Stimme mitten im Schrei abbrach. Übrig blieb ein Gelächter, kehrte aus dem Haus zurück, hallte immer noch, als die Pferde weitertrabten.

»Oh Gott, es sind Teufel!«, keuchte Christoph Markart. Fest legte er den Arm um seinen Sohn und presste ihn an sich. »Wenn ich nicht mehr bin, Jockel«, flüsterte er, »versprich mir: Töte Mutter und Maria – bevor sie in die Hände dieser Wölfe fallen. Töte auch die Kleinen.«

Jockel schüttelte wild den Kopf. »Niemals, Vater. Ich bring alle in die Wälder. Nein, niemals!«

Der kräftige Mann verschloss mit den harten Fingerkuppen den Mund seines Sohnes. »Sei still! Du bist ein tapferer Junge. Lass nie zu, dass sie leiden müssen.«

Jockel nickte. Seine Augen waren weit aufgerissen.

Wieder schrie es gellend, diesmal aus der benachbarten Gasse.

Eine Frauenstimme! Das laute Grölen der Männer schwoll an, das Schreien wandelte sich zu einem qualvollen Röcheln.

Nur ein Stück näher platzten Tongefäße auf dem Pflaster, Holz zerbrach. Und immer noch das Röcheln der Frau, das langsam in dem grölenden Chor erstarb.

Jockel weinte. Fest stach er das Messer in eine Grasschindel und umklammerte den Griff. Die Wehrlosigkeit verzweifelte ihn.

»Still, Junge! Bitte, sei still! Sie dürfen uns nicht hören«, flehte sein Vater. Die Stimme war dunkel und gehorchte ihm nicht mehr.

Dann näherten sich die Fackeln – Reiter auf hohen Pferden. Jockels Tränen versiegten in der Atemlosigkeit. Da – jetzt hielten sie neben der Mauer an. Für einen Moment schien die Meute uneinig. Rufe. Antworten und Zögern. Entschlossen trieben die ersten wieder ihre Pferde an, dann die anderen – doch ein Soldat blieb bei der Mauer zurück und hielt die Fackel hoch.

Auf einen Zuruf hin setzte das Pferd über den niedrigen Wall.

Dicht pressten Jockel und sein Vater ihre Gesichter in den modrigen Dachschutz. Sie hörten das Schnauben des Gauls. Der Säbel klirrte, als der Soldat abstieg. Mit einem Tritt wurde die Tür aufgestoßen. Der Tisch stürzte um.

Stille.

Jockel zuckte zusammen, als der Eisenkessel in den Hof schepperte.

Stille.

Auf dem Lehmboden waren die Schritte nicht zu hören. Plötzlich: »He Alte! Raus mit dir!«

Großmutter!, hämmerte es Jockel im Kopf.

Unter Flüchen verließ der Reiter die Hütte. Jockel sah auf. Mit der einen Hand hielt der Söldner die Fackel hoch, die andere hatte den Kittel der alten Frau hinter ihrem Hals gekrallt.

»Wo sind deine Leute?!«, schrie der Kerl und schüttelte die schmächtige Gestalt.

»Vater unser, der Du bist im Himmel!«

»He, wo sind sie? Was habt ihr gerade gefressen?«

»Geheiligt werde Dein Name!« Die zittrige Stimme war nicht zu unterbrechen.

»Hör auf!«

»Vergib uns unsere Schuld!«

»Aufhören!«, brüllte der Mann, außer sich.

»Wie wir vergeben unseren Schuldigern.«

Die brennende Fackel schlug auf das Haupt der alten Frau. »Aufhören!« – Wieder und wieder. Die brennenden Pechfunken flogen umher und flackerten zerstreut im Hof weiter.

Zusammengesunken lag die Großmutter zwischen den kleinen Lichtern.

Schon saß der Soldat wieder im Sattel, ließ das Pferd über die Mauer setzen und folgte seiner Mordbande.

Jockel wollte aufspringen, doch sein Vater presste ihn auf das Dach zurück. »Bleib liegen. Vielleicht kommen sie wieder«, befahl der Weißgerber leise.

»Großmutter«, stammelte Jockel.

»Sie ist tot.« Der große Mann wischte sich langsam über die Stirn. »Schnell ist es gegangen – Mutter.«

»Sie hat uns nicht verraten.« Jockel blickte zu den kleinen Pechlichtern hinunter, die nacheinander verglühten.

Wenige Augenblicke später entstand neuer Lärm, nur einen Steinwurf entfernt. Begleitet von Siegesgeheul, trieben Flammen dicke Rauchwolken in den nächtlichen Himmel. Das Feuer leckte mit langen Zungen über die Wände und verschlang das Holz knisternd und berstend. Im Nu wurde die Hütte zur großen Fackel.

Jockel beobachtete, wie die Meute sich lauernd in die Gassenecken zurückzog.

»Sie warten darauf, dass alle kommen und löschen. Das Feuer soll uns aus den Verstecken herauslocken«, nickte Christoph Markart grimmig.

Doch jeder in Eggebusch wusste, was die Soldaten im Schilde führten, und niemand kam – nur die Ratten verließen mit schrillen Pfiffen den Brandort und schlüpften in das nächste unbewohnte Haus. Der Wind war in dieser Nacht gnädig und die Flammen mussten sich mit dieser einen Hütte begnügen.

Unter Wutgeheul schwärmten die Reiter jetzt aus. Sie drangen wahllos in die Häuser ein, zerschlugen die Einrichningen und nahmen mit, was sie gebrauchen konnten. Einige rissen die Abdeckung des Dorfbrunnens herunter. Laut brüllend schleiften andere einen leblosen Körper heran, legten ihn auf den Brunnenrand und hackten den Leichnam in Stücke. Die Teile warfen sie in das tiefe Wasser. Durch die Lust der Grausamkeit wurde ihre Wut gekühlt und das Gebrüll schlug wieder um in grobes Lachen.

Hinter der Kirche knallten Schüsse. Alarmiert stießen die Männer den Körperrumpf achtlos über den Brunnenrand und ritten in die Richtung, aus der das Schießen gekommen war.

Noch einmal brandeten Johlen und Gelächter auf, dann verließ das Pferdegetrappel Eggebusch und verebbte auf dem Fahrweg zum Waldrand hinauf.

Wie betäubt lagen Jockel und sein Vater auf dem Hüttendach. Erst als nichts mehr von den Soldaten zu hören war, richteten sie sich langsam auf.

Der Feuerschein der brennenden Hütte zuckte immer wieder hoch hinauf und die Luft roch beißend nach schwelendem Holz.

Voller Schrecken blieben die Bewohner von Eggebusch in ihren Häusern. Männer und Frauen klammerten sich dankbar aneinander, wenn die nächtlichen Ungeheuer sie verschont hatten. Die Mütter nahmen ihre kleinen Kinder und wärmten sie, bis ihnen die Augen zufielen. Die Väter zogen das gerettete Vieh aus den Verstecken und die Halbwüchsigen suchten in den verwüsteten Wohnräumen die Möbelstücke und Küchengeräte zusammen, die den Ansturm überstanden hatten.

Christoph Markart trug seine tote Mutter in die Werkstatt. Er bedeckte sie mit einem Schaffell, dann setzte er sich neben den Leichnam und blieb dort – unbeweglich und still.

Nachdem Jockel und Maria den Hüttenraum, so weit es im Schein einer Kerze möglich war, notdürftig wieder hergerichtet hatten, verließ der Fünfzehnjährige den Raum.

Er hastete durch die Gassen. Katharina! Angstvoll klammerten sich seine Gedanken an diesen Namen. Über zerbrochene Küchengeräte, zurückgelassene Bottiche, vorbei an den schwarzen Fenstern und Türöffnungen, erreichte er endlich den Hof des Dorfvogts.

Das Tor war unversehrt! Sie hatten es nicht aufgebrochen. Erleichtert lehnte Jockel die Stirn an das Holz. Ihr war nichts geschehen. »Katharina«, murmelte er – wie schön war dieser Name.

Nur zögernd graute der Morgen des 4. Oktober. An diesem Freitag stand im Osten ein schmaler Wolkenstreifen und über den Äckern und Wiesenhügeln spannten sich weiße Nebelbrücken.

Eggebusch lag in ohnmächtiger Stille. Zwischen den verkohlten Balken der eingestürzten Hütte schwelte noch der Brand.

Mit großen Schritten ging der Küster die Friedhofsmauer entlang, blickte in jeden Winkel und suchte die Gräber ab. In seinem Gesicht standen Sorge und Verzweiflung.

Elsa Hobe erreichte atemlos den Marktplatz. Ihre Augen glitten voller Bangen über die aufgebrochenen Vorratskisten, Scherben und verbogenen Küchengeräte – die verstreuten Reste der Plünderung. Dann erreichte ihr Blick den Dorfbrunnen und die achtlos heruntergeworfene Holzabdeckung. Von Angst gequält, rannte sie über den Platz. Als sie das Blut auf dem gemauerten Rand vor sich sah, sank sie schluchzend auf die Bretter des Brunnendeckels. »Anne – mein Kind.«

Vom Kirchhof her hatte Mathias den Zusammenbruch seiner Frau beobachtet und hetzte zu ihr hinüber. Elsa hatte nur noch die Kraft, auf das Blut zu zeigen, dann vergrub sie wieder ihr Gesicht in den Händen. Hasserfüllt ballte der

Küster die Fäuste. Das schwarze Blut klebte an den Steinen wie auf einer Schlachtbank.

»Nein, es kann nicht Anne sein.« Heftig schüttelte er den Kopf. »Sie sind gleich weggeritten. Hier waren sie nicht mehr.«

Jetzt ging er näher an die Brunnenöffnung heran. Der Ekel nahm Mathias den Atem. In einer breiigen Lache entdeckte er zerfetzte Beinkleider.

Die Söldner hatten Anne noch vor dem Haus den Kittel heruntergerissen!

Schnell hob der Küster die Hose auf. Sie gehörte einem Mann. »Elsa!«, rief er. »Elsa!« Und die Tränen schossen ihm aus den Augen. Seine Frau blickte auf.

»Es ist nicht Anne. Hier.« Zum Beweis streckte er der Mutter den blutgetränkten Stofffetzen hin, dann ließ er ihn müde aus der Hand fallen.

»Aber wo ist mein Kind?« Anklagend wandte sich Elsa vom Brunnen ab und erhob sich. »Wo, Mathias?! Wo?«

Ratlos ergriff der Küster ihren Arm, doch in wildem Aufbäumen riss die Frau sich los. »Wo?!« Sie rannte und schrie es über den Marktplatz. »Wo?! Anne, mein Kind!«

Nur mit Mühe konnte Mathias sie einholen. Fest umschloss er sie mit den Armen. »Sie haben Anne mit ins Lager genommen. Vielleicht ist ihr nichts geschehen.« Doch es war kein Trost. Elsa barg weinend den Kopf an der Schulter ihres Mannes.

»Komm, wir finden Anne nicht mehr.«

Erschöpft und ohne Hoffnung verließen die Eltern den Platz. Immer wieder musste der Küster seine Frau stützen, wenn ihr die Verzweiflung jede Kraft nahm.

Tobias fand Jockel schlafend im Stall neben der Ziege. Er

hockte sich zu ihm und berührte leicht seine Schulter. Mit einem Schrei sprang der Fünfzehnjährige auf und hielt das Messer stoßbereit in der rechten Hand. Tobias zuckte zurück. Doch jetzt hatte der Sohn des Weißgerbers den schmächtigen Jungen erkannt und stieß erleichtert den Atem aus. »Du hast mich erschreckt.« Jockel warf sein Messer auf den Boden und die Spitze drang tief in den Lehm ein.

Stumm setzte er sich zu dem Freund. Beide starrten sich an. In ihren Gesichtern stand die Erinnerung an die vergangene Nacht wie eine tiefe Wunde.

»Großmutter ist tot«, flüsterte Jockel.

Doch Tobias antwortete nicht, seine Lippen blieben fest aufeinandergepresst. Ihn erreichte der Schmerz in Jockels Stimme nicht. Die Sorge um Anne ließ alles andere Elend dieser vergangenen Nacht untergehen.

»Sie hat uns nicht verraten.« Jockel sah die riesige Pechfackel, wie sie auf seine Großmuttet niedersauste. »Gebetet hat sie.«

Doch Tobias starrte den Freund regungslos an. Sie hatten Anne in ihrer Brautkiste gefunden. Gleich zwei hatten sie gepackt und nach draußen gezerrt. Als die Söldner mit Schüssen die anderen herbeiriefen und das gierige Gebrüll anschwoll, hatte Tobias sich die Ohren zugehalten. Dann die Rufe, mit denen sie ihre Pferde antrieben. Sein Vater war gleich nach draußen gestürzt, aber die Schwester war nicht mehr da.

»Anne«, stammelte Tobias. Entsetzt fasste Jockel den Freund an der Schulter. »Ist sie –?« Er wagte nicht weiterzusprechen. Der Sohn des Küsters schüttelte den Kopf und öffnete nur stumm den Mund.

Jockel schrie ihn an: »Was ist mit Anne?!«

Hilflos schüttelte Tobias immer wieder den Kopf. In verzweifelter Zärtlichkeit umschlang der Stärkere den Freund und presste das Gesicht an seine Wange. »Sag doch. Sag's doch.«

Zitternd löste sich in Tobias die angstvolle Lähmung. »Sie haben Anne mitgenommen.« Aneinandergeklammert blieben die beiden Jungen sitzen.

Nach einer Weile ließ Jockel den Freund los. Mit dem Handrücken wischte er sich über die Augen. »Wir müssen sie suchen.« Beschwörend fuhr er fort: »Vielleicht konnte sie weglaufen. Wir suchen ihre Spuren bis zum Lager am Fluss. Vielleicht finden wir Anne.«

Der Sohn des Weißgerbers stand entschlossen auf und zögernd folgte ihm Tobias.

Vielleicht – tausendmal vergebens und doch immer wieder neu gesprochen und gedacht. Jede Hoffnung in Eggebusch war mit diesem Wort überschrieben.

Der lang gezogene Wolkenstreifen am östlichen Horizont hatte sich in heller werdende Stücke aufgelöst.

Jeder mit einem Stock bewaffnet, verließen die beiden Jungen über die enge Gasse, die in den Fahrweg mündete, das Dorf. Wortlos suchten sie rechts und links die Ränder der Straße ab. Sie achteten genau darauf, ob die Eindrücke der Hufe vom Weg in den Acker oder zum Wiesenhügel hinaufführten.

Nur einen Moment lang glaubte Tobias schon, in der Senke die erste abweichende Spur entdeckt zu haben. Doch Jockel erinnerte sich, dass gestern die drei Reiter an dieser Stelle ihre Pferde angehalten und die Verfolgung des Wagens aufgegeben hatten.

Nachdem die beiden Jungen die Hälfte der Strecke bis zum Waldrand hinauf abgesucht hatten, blieben sie stehen. Angestrengt blickten sie ins Tal zurück. Aber weder in den tiefen Furchen der Wiesen noch in den zerwühlten Äckern mit ihren Brennnesselflecken, die sich wie Inseln über das Schwarz verteilten, war irgendeine Spur oder ein Zeichen von Anne zu entdecken.

Jockel zeigte zum westlichen Dorfausgang von Eggebusch hinüber. »Da, Tobias. Da fliehen welche.«

Aus der Ferne konnten die Jungen nicht ausmachen, wer es war – nur ein Mann und eine Frau, die einen Handwagen hinter sich herzogen. Der Karren war beladen mit zwei großen bemalten Kisten. Ihre Farben glänzten in den ersten Strahlen der Morgensonne.

»Alles haben sie zurückgelassen, das Haus und die Möbel. Sie nehmen nur ihre Kleider und die Küchensachen mit.«

Sehnsüchtig schaute Jockel den beiden nach, die hastig den Handwagen über den holprigen Weg zerrten. Wie oft hatte er sich schon gewünscht, Eggebusch auch zu verlassen – einfach wegzugehen.

»Nur mit großem Glück entkommen wir den Wegelagerern und erreichen die Stadt«, hatte sein Vater abgewinkt. »Und dann weißt du nicht, ob die Wachen uns überhaupt reinlassen. Nein, die in der Stadt verrammeln die Tore und schießen auf uns. Die in der Stadt werden selbst von den Soldaten ausgeraubt, da ziehen die Heere vorbei, die aus dem Süden oder von Westen kommen. Die Bürger, die haben selbst nichts zu essen. Nein, hier in Eggebusch ist unser Zuhause.«

Zu Hause.

Auch für Jockel war es kaum vorstellbar, nicht mehr neben

der Lohgrube zu wohnen, nicht mehr den scharfen Geruch der Alaunbeize in der Nase. Und doch – an solch einem Morgen wie heute wäre es gut fortzugehen. Nur fort – ohne an das Wohin zu denken.

Unruhig schlug Tobias mit seinem Stock auf die Steine des Fahrwegs. »Komm, Jockel. Wir müssen weitersuchen.«

Noch in Gedanken wandte sich Jockel um und nickte dem Freund zu. Sie gingen weiter zum Wald hinauf.

»Willst du weg?«, fragte der Fünfzehnjährige den Sohn des Küsters.

»Weg?«

»Ich mein, ganz weg von zu Hause?«

Tobias schüttelte den Kopf. »Nur wenn Mutter und Vater mitkommen und Anne – « Er stockte. Wie eine Welle riss ihn die Angst um die Schwester wieder mit. Auch Jockel erschrak, weil er eine Sehnsucht lang von Anne weggelaufen war.

Später, oben in der Wegbiegung führten die Hufspuren über die Straße hinaus und gerade weiter zwischen den ersten Sträuchern hindurch. Auf niedergetrampelten Blaubeerbüschen lag das nackte Mädchen.

Anne rührte sich nicht.

Entsetzt standen die beiden Jungen da. Tobias sah seine Schwester und doch war er nicht fähig, irgendetwas wahrzunehmen. Dann erkannte er den faustgroßen Stein, der blutverschmiert neben ihrem Kopf lag. Und plötzlich erfasste ihn die Wirklichkeit: Ihre Stirn, die Lider, das ganze Gesicht waren blaurot geschwollen. Die Spuren überdeckten den ganzen Körper. Der Unterleib und die Schenkel waren blutverschmiert.

Das ist nicht Anne, wehrte sich Tobias. Ungläubig ging

er auf das zerschundene Mädchen zu und kniete sich neben die Regungslose. Immer wieder drängte es in ihm, dass seine Schwester doch zu Hause sei!

»Anne!«, rief er leise. Jetzt fiel auch Jockel neben dem Mädchen auf die Knie. Vorsichtig fasste er die zusammengeballte Hand. Sie war weich, ohne Mühe konnte er die Faust öffnen. Hoffnungsvoll blickte Jockel den Freund an. »Ich glaub, sie lebt.«

Fast erschrocken griff der Bruder die andere Hand. »Anne, hörst du mich?«, fragte er drängend.

»Anne.« Die aufgerissenen Lippen bewegten sich. »Wach auf!«

Jockel brachte seinen Mund dicht an ihr blutverschmiertes Ohr. »Anne, Anne«, flehte er. Die verquollenen Lider zuckten und öffneten sich zu einem Spalt.

»Jockel«, flüsterte sie.

»Du bist lebendig.« Aufgeregt beugte sich Tobias über das Gesicht seiner Schwester.

»Tobias«, hauchte Anne mühsam. »Mir ist kalt. Ich bin so müde.«

Der Bruder richtete sich hastig auf, löste mit zitternden Fingern den Gürtel und zog seinen Kittel über den Kopf. Voller Zärtlichkeit deckte er sie zu. »Gleich wird dir warm.«

Anne versuchte zu lächeln. »Ich kann mich nicht bewegen. Ich muss schlafen.«

Heftig schüttelte Jockel den Kopf. »Nein, Anne, nicht schlafen.« Er blickte Tobias beschwörend an. »Wir müssen sie wach halten. Sie darf nicht einschlafen.«

Behutsam strich er über ihr Haar, dann stockten seine Finger. Die Kuppen wurden nass und warm. Langsam zog er die blutigen Finger zurück und starrte auf den Stein, an dem getrocknetes Blut klebte.

Tobias untersuchte erschreckt die handtellergroße Wunde. Doch Anne murmelte: »Es tut nicht sehr weh. Tobias, warum kann ich mich nicht bewegen?«

Jockel stand hastig auf. »Ich lauf und hol Hilfe. Eine Trage. Tobias, gib nur acht, dass Anne nicht einschläft.«

Dankbar sah der Bruder den Freund an. »Ich behüte sie.«

Der Sohn des Weißgerbers ließ seinen Stock liegen und rannte zurück zur Wegbiegung und hinunter nach Eggebusch.

Die frohe Oktobersonne war im Osten über die Hügel gestiegen und ihre Strahlen erreichten schon den kleinen Platz am Waldrand.

Tobias kniete unbekleidet neben seiner Schwester. Ratlos starrte er in ihr entstelltes Gesicht.

Warum waren die Lippen so rissig und vorgequollen wie harte Brotrinden?

Tobias fühlte die Winternächte, wenn er und seine Schwester sich frierend zusammenkuschelten und kichernd die kalten Nasen aneinanderrieben. Und jetzt war über ihrem Mund nur noch diese unförmige, blutige Schwellung.

Diese neue Wirklichkeit hatte noch keinen Raum. Verzweifelt glitt der Blick des Jungen über den halb bedeckten Körper, die Verletzungen schnitten sich in sein Bewusstsein. Er zog den Leinenkittel noch etwas nach unten und verhüllte den Unterleib und die Schenkel, als könne er so das Schreckliche lindern.

»Alles wird gut, Anne.« Tobias sehnte sich selbst so sehr nach Zuversicht. »Jockel holt Hilfe und Mutter wird dich gesund pflegen. Du darfst nur nicht einschlafen.« Liebevoll streichelte er den Arm seiner Schwester.

Wieder öffnete Anne langsam den Mund. »Ich hab so Durst.«

Wasser? Verzweifelt blickte der Bruder über die Blaubeersträucher. Nein, hier oben gab es nirgendwo einen Bach.

Wasser! Anne musste trinken. Tobias überlegte fieberhaft. Wasser gab es nur im Dorf.

In seiner Not spuckte Tobias in eine Hand, tauchte den Finger in den Speichel und tupfte ihn auf ihre Zungenspitze. Sofort öffnete Anne den Mund, so weit es ihr möglich war. Die Zunge bewegte sich zitternd. Und Tobias bestrich immer wieder die Spitze.

Doch es war so wenig. Schließlich beugte er sich über die rissigen Lippen und ließ seinen Speichel direkt aus dem Mund langsam in ihren tropfen. Gierig nahm Anne die Feuchtigkeit auf.

Aber die Aufregung ließ rasch die Quelle im Mund des Jungen versiegen. »Es geht nicht mehr. Gleich wieder.« Bekümmert setzte sich Tobias zurück.

Seine Schwester hielt die Augen geschlossen.

»Anne. Du musst wach bleiben.«

»Ich – ich bin wach.« Nach einer Weile: »Tobias, wo sind die Soldaten?«

»Weg. Zurück ins Lager.«

Das Mädchen atmete flach. Ihre Lippen bemühten sich, das nächste Wort zu formen. »Warum gibt es Soldaten?«, fragte sie dann stockend. Tobias zuckte mit den Schultern. »Weil Krieg ist.«

»Und wenn kein Krieg ist?«

»Dann – « Der Bruder hatte noch nie daran gedacht,

schließlich sagte er: »Dann gibt es auch keine Soldaten mehr.«

In dem verquollenen Gesicht zuckte es.

Die Gedanken wirrten Tobias durch den Kopf. Schnell. Er musste sprechen. Anne durfte nicht einschlafen. Plötzlich fühlte sich Tobias allein. Alles um ihn herum war so still! Das Mädchen lag regungslos.

Was ist, wenn es keine Soldaten mehr gibt?

Frieden? Davon hatte Jockels Großmutter doch erzählt. Vor dem Krieg war Frieden.

»Nach dem Krieg, dann –« Tobias zögerte einen Moment. Unsicher fuhr er fort: »Dann ist Frieden.«

Anne antwortete mit einem Lächeln. »Ja – erzähl mir, Tobias. Ich bleib noch wach.«

Jockels Großmutter hatte gestrahlt, wenn sie ihre Geschichten von früher begann. »Der Frieden hat einen dicken Bauch und rote Backen.« Ganz genau konnte sich Tobias an ihre lustigen Augen erinnern, wie sie von einem Kind zum anderen hüpften.

Der Frieden hatte einen dicken Bauch. Tobias streichelte über die Würgemale am Hals seiner Schwester. »Weißt du, Anne, wenn Frieden ist, dann können wir so viel essen, wie wir wollen. Ja, ganz bestimmt. Und wenn kein Brot mehr in der Kammer liegt – das ist auch nicht schlimm. Jeden Abend ziehen zwei Männer einen großen Karren durch die Straßen. Die Männer haben ganz weiße Mäntel an und viele Locken auf dem Kopf.«

Prüfend beugte sich Tobias über das Gesicht seiner Schwester. »Hörst du, Anne?«

Mit geschlossenen Augen lächelte sie. »Weiter. Was machen die Männer mit den Locken?«, hauchte sie erschöpft.

Sie bleibt wach, dachte Tobias glücklich. Ich muss nur erzählen. »Also, die weißen Männer klopfen abends an jeder Tür. Nein, nur einer klopft und der andere passt auf den Karren auf.« Tobias lachte. »Nein, es klopfen doch beide. Weil im Frieden ja keiner was wegnimmt. Also, dann macht die Mutter die Tür auf. Die Männer fragen: »Habt ihr noch genug zu essen?« Bei der Frage hatte Tobias versucht, so tief wie sein Vater zu sprechen.

»Ja, und jetzt«, berichtete der Bruder weiter. »Jetzt muss die Mutter nur noch den Kopf schütteln. Dann laufen die Männer zu dem Karren und bringen Brot und Käse, ein Huhn, Würste und Speck.« Nachdenklich nickte Tobias. »Ja, bestimmt, auch Speck.«

Anne sagte etwas, doch der Junge konnte sie nicht verstehen.

Er legte sein Ohr fast auf ihre zerschlagenen Lippen.

»Und Milch«, flüsterte das Mädchen.

»Natürlich. Die bringen Milch, so viel du willst«, versicherte er.

Mühsam bewegte sich Annes Mund. »Wo sind die Soldaten?«

Tobias blickte auf das gequälte Gesicht. »Die sind alle tot. Die alten Soldaten sind alle tot und neue gibt es einfach nicht.«

Die Lider flatterten und Anne versuchte, die Augen zu öffnen. Nur einen schmalen Spalt, mehr ließ die dunkle Schwellung nicht zu. »Wann? Wann ist das, Tobias?«

Der schmächtige Junge hob die Hände. »Bald. So in hundert oder in zweihundert Jahren. Aber bestimmt in dreihundert Jahren. Bald, Anne.«

Langsam schloss das Mädchen die Augen.

»Bald«, hauchte es und lächelte.

Vom Tal unten drang Rufen herauf.

»Siehst du, Anne«, tröstete er, »jetzt wird alles gut. Wir bringen dich nach Hause, hörst du?«

Seine Schwester bewegte die Lippen nicht mehr.

»Anne!« Unruhig starrte Tobias sie an. »Soll ich weitererzählen?« Er wartete. »Hast du noch Durst? Nicht schlafen, hörst du?«

Angstvoll horchte er nach ihrem Atem, nach dem Herzschlag – doch alles in ihr war still.

Ohne Kraft ließ Tobias den Kopf auf ihre Brust sinken und weinte.

Auf dem Friedhof innerhalb der festen Steinmauer war schon lange kein Platz mehr für die Toten von Eggebusch. Nach Osten hin wucherten auf der anderen Seite des Steinwalls die Grabplätze. Hier lagen kaum noch Gräber mit nur einem Kreuz. Meist standen die über Kreuz genagelten Bretter so dicht wie ausgesäte Holzblumen.

Der Totengräber hatte schon am frühen Vormittag ein breites Viereck abgesteckt. Jetzt stand er knietief in dem Loch und warf Schippe um Schippe lehmiger Erde auf den wachsenden Hügel links der Grube.

Er, der an die Gesellschaft der Toten gewöhnt war, lebte vom Leben zurückgelassen in der Nähe des Friedhofs. Niemand in Eggebusch betrat freiwillig das kleine Steinhaus, in dem der alte Mann wohnte. Ängstlich mieden die Kinder seine Nähe, denn die Mütter drohten den Ungehorsamen mit ihm.

Der Totengräber besaß keine Freunde mehr. Vor Jahren, als Eggebusch noch einen Abdecker, einen Zahnzieher,

Wurzelkrämer und Schäfer hatte, da hockten die Männer der unehrlichen Berufe zusammen im heute längst eingestürzten Wirts- und Gemeindehaus. Sie hatten Bier getrunken, Karten gespielt und gelacht. Wie durch eine unsichtbare Schwelle wurden sie durch ihre Berufe von den ehrbaren Handwerkern und Bauern getrennt.

Und doch jetzt, da der Friedhof über die Steinmauer wuchs, vereinten sich die geachteten Toten mit den Gräbern der Unehrlichen, die kein Recht fanden, so dicht bei der Kirche zu ruhen.

Der kleine Mann stützte sich auf den Schippenstiel und wischte mit einem weißen Tuch den Schweiß von seinem haarlosen Kopf. Suchend blickte er zur Mauer, dann zu dem brusthohen Holzzaun, der in einem Halbkreis die Friedhofserweiterung abgrenzte. Nichts. Der Totengräber runzelte die Stirn und spannte die Lippen zu einem Pfiff. Nach kurzem Warten wiederholte er das Signal. Endlich kratzten Pfoten an den Holzlatten und dann zwängte sich ein struppiger Hund unter dem Zaun hindurch.

»Na, komm!«, lockte der Glatzköpfige mit weicher Stimme. Schwanzwedelnd lief der Spitz bis zur Grube. Zwischen den Zähnen trug er einen zerfetzten Lappen. Direkt auf dem Rand legte er seine Beute ab.

»Du bist ein braves Weibchen«, lobte der Totengräber und warf einen kurzen Blick auf das blutdurchtränkte Leinenstück. Mit beiden Händen kraulte er das kaum noch weiße Fell des Hundes. »So, Weibchen, ich muss weiter. Heute sind es viele. Bis Mittag bin ich fertig.« Damit nahm er eine Hacke auf und schlug sie in den festen Boden. Der Spitz biss in den Stofffetzen und schüttelte ihn wie einen toten Vogel.

Drüben auf dem Marktplatz stöberten einige Kinder und Halbwüchsige in dem verstreut umherliegenden Gerümpel. Nach dem Morgengrauen hatten schon die ausgeplünderten Familien die noch brauchbaren Dinge herausgesucht und zurück in ihre Hütten gebracht. Jetzt wühlten die Kinder in den Resten, Reste, die keinem Überlebenden gehörten. Solange es nicht um Hafer oder gar Fleisch ging, neidete niemand mehr in Eggebusch dem anderen irgendeinen Besitz.

Gefolgt von Veit, führte der Dorfvogt sein Pferd am Halsband, langsam rollte der Karren durch die Gassen. Wie ein grobes Mahlwerk polterten die Räder. Vor jedem bewohnten Haus stand es zögernd still.

Veit schlug die Amtsglocke, bis einer der Bewohner zur Tür herausschaute.

»Alles gesund?«, fragte er. Wurde genickt, dann zog ein breites Grinsen über sein vernarbtes Gesicht. Kam eine Frau oder ein Mann mit leer geweinten Augen aus der Hütte und schüttelte den Kopf, dann setzte der Amtsdiener die Glocke auf den Kutschbock und betrat zusammen mit dem Dorfvogt das Haus oder den Hof.

Auf einer Schubkarre brachten sie den Leichnam zum Wagen und legten ihn neben die anderen Toten.

»Heute Mittag beerdigen wir«, sagte der Dorfvogt.

Niemand konnte trösten oder getröstet werden – das Leid war in den zwei vergangenen Jahrzehnten zu einem uferlosen See angewachsen.

»Jetzt sind es acht«, murmelte Veit, als der Karren weiterrollte. Sie erreichten eine Gasse, die nicht breit genug für den Wagen war.

»Ich geh beim Friedrich nachsehen.« Veit nahm seine Glocke und humpelte über das Pflaster zu dem einzig noch bewohnten Haus in diesem Teil des Ortes. Die Hand umfasste den hölzernen Griff und der Klöppel schlug immer wieder in dem nach oben gerichteten Glockenkelch.

Endlich erschien eine ausgezehrte Frau zwischen den zersplitterten Resten der Haustür. Die kleine Tochter drängte sich ängstlich an ihren Kittel. Martha war eine der hungrigen Frauen, die gestern noch gemeinsam mit dem Hinkenden bis hinauf zur Kirche gerannt waren, um zu sehen, was der Küster im Gotteshaus zu schießen hatte. Stumm presste die Frau ihre gespannten Fingerknöchel auf den Mund.

»Alles gesund?«

Sie nickte, aber es stand ein Brennen in ihren Augen. Der Amtsdiener wurde freundlich. »Martha, wie geht's dem Friedrich?«

Doch die hagere Gestalt antwortete nicht, ihre Zähne heben sich an den Knöcheln.

Veit schaute sie prüfend an. »Martha – wir bringen die Leichen zum Friedhof.«

Wild schüttelte sie den Kopf. Ihre Tochter zerrte jammernd an ihrem Kittel und die Mutter nahm sie auf den Arm.

»Was ist mit dem Friedrich?«, drängte Veit.

»Der? Der Friedrich ist fortgegangen.«

»Fort?«

»Ja, weg. Schon heute Nacht.«

Für eine Weile stand der Amtsdiener ratlos vor der Mutter und ihrem Kind, schließlich wandte er sich um und humpelte zu dem Leichenkarren zurück. »Noch einer abgehauen. Mit den beiden Gehrmanns sind drei weg«, erklärte er dem Dorfvogt. Ungläubig hielt der gedrungene Mann die Trense des Gauls fest in der Faust. »Der Friedrich? Das hätt ich nie gedacht. Und seine Familie hat er hiergelassen?«

Er schüttelte den Kopf. »Was für gottlose Zeiten!« Damit zog er das Pferd weiter.

Die ausgehungerte Frau wartete unbeweglich, bis der Karren verschwunden war, dann kehrte sie mit ihrer Tochter ins Innere des Hauses zurück. –

Die Oktobersonne stand hoch im Süden.

Schniefend schob der struppige Spitz seine Schnauze über den Rand der Grube und beobachtete seinen Herrn. Mit den Stiefeln und dem Schippenblatt ebnete der Totengräber den Grund.

»Jetzt können die Toten kommen, Weibchen. Ich hab das große Bett gemacht«, rief er keuchend seinem Hund zu. Erst warf er Hacke und Schippe nach draußen neben den frischen Hügel, prüfte noch einmal die Erdwände und stieg die Sprossen der kurzen Grableiter hinauf.

Der Spitz begrüßte ihn mit lautem Gekläff. Erschöpft setzte sich der alte Mann und ließ die Beine in die Grube hängen. Der Hund drängte sich zu ihm und zärtlich nahm ihn der Mann auf den Schoß.

Unmittelbar an dem Zaun stand Mathias Hobe, Hacke und Schaufel hatte er an die Latten gelehnt. Ratlos blickte er über die Holzkreuze.

»He, Küster, brauchst du einen eigenen Platz?« Der Totengräber kraulte das Fell des Spitzes.

Wortlos nickte Mathias und der Hüter der Gräber zeigte in die Ecke, an der Holzzaun und Mauer sich trafen.

»Dahinten ist noch ein schönes Fleckchen. Da gibt's Morgensonne.«

Der Küster und Lehrer von Eggebusch ging zu der noch ungenutzten Stelle, kniete hin und senkte den Kopf. So verharrte er dort in stiller Andacht.

Nach einer kurzen Weile stand er auf und begann, das Grab für seine Tochter auszuheben. Anne sollte nicht mit den vielen Opfern der vergangenen Nacht zusammenliegen. Ihre Mutter hatte darum geweint und auch Mathias verlangte es danach, seiner Tochter diesen eigenen Platz zu geben. –

Zur selben Zeit hielt der Karren des Dorfvogts neben der niedrigen Mauer der Gerberei. Kaum hatte Veit die Amtsglocke zum ersten Mal geschwungen, als Elisabeth, Valentin und Leonhard aus der Hütte gestürzt kamen.

Valentin gewann das Rennen – er zog sich über die Mauer, fiel beinahe auf der anderen Seite hinunter und stand schon vor dem Amtsdiener. »Darf ich läuten?«

Ehe Veit antworten konnte, umringten ihn die beiden anderen Kleinen. »Nein, ich!«, krähte Leonhard. Sofort schubste ihn Elisabeth weg. »Ich darf für Großmutter läuten.« Doch Valentin war der Erste gewesen.

Kinder beunruhigten den Amtsdiener. Die Mütter behaupteten von ihm, er sei gutmütig, doch Veit ließ sich von den Kleinen nur plagen: Immer wieder musste er ihnen sein steif gebliebenes Bein zeigen oder die Hände vor die Augen pressen, sich humpelnd im Kreis drehen und schließlich eins dieser Quälgeister in einem Versteck aufstöbern. Die Kinder des Dorfes liebten ihn, doch Veit fürchtete ihr drängendes Unbekümmertsein und hatte Angst vor der Jugend, die so weit entfernt war von der zehrenden Erinnerung an Vergangenes. Vergangenes, das ihn selbst ausfüllte und das Tor für Hoffnung fest verschlossen hielt.

Der Amtsdiener grinste ergeben und reichte Valentin die Glocke. Mit beiden Händen packte der Zehnjährige den Holzschaft und kippte strahlend den Klöppel hin und her in dem bronzenen Kelch. Während des Gerangels um die Amtsglocke war Christoph zusammen mit seiner Frau, Jockel und Maria gefasst in den Hof getreten.

Veit fragte: »Alles – «, dann winkte er ab. »Deine Mutter, Christoph?« Der Weißgerber nickte. »Sollen wir sie holen?«

Rasch ergriff Ursula die Hand ihres Mannes. »Nein, wir begraben sie selbst.« Damit zog sie seine Hand zu sich heran und legte sie über das Ungeborene. Sie wollte alles tun, um dem neuen Leben einen guten Anfang zu geben, und ihr Gefühl verlangte danach, die Großmutter der Kinder so zu beerdigen, wie es der Würde entsprach.

Veit nahm Valentin die Amtsglocke aus den Händen und stellte sie auf die Sitzbank vorn am Wagen. »Sie war eine gute Frau«, murmelte er nachdenklich.

Jetzt trat der Dorfvogt bis dicht an den flachen Steinwall. »Jockel!«

Langsam ging der Sohn des Weißgerbers auf den untersetzten Mann zu. Hatte er etwas gemerkt? Unsicher blickte Jockel ihn an.

»Kannst du mir helfen?«, fragte der Dorfvogt ernst.

Erleichtert nickte der Fünfzehnjährige. Nein, er wusste nichts von den heimlichen Besuchen an dem Regenfass, nichts von seiner Liebe.

»Wir müssen den Toten aus dem Brunnen holen. Sonst verdirbt uns das Wasser. Du bist stark – und schmal.«

Oft schon hatte sich Jockel mit dem Reinigen des Brunnenschachtes ein paar Dreier verdient. Doch den zerhackten Leichnam aus dem Wasser herauszuziehen – diese Vorstellung entsetzte ihn!

Ruhig wartete Katharinas Vater auf eine Antwort.

Meine Katharina – einen Augenblick lang suchte Jockel in dem Gesicht des Dorfvogts nach irgendeiner Ähnlichkeit, aber nichts in dem bartstoppeligen Gesicht erinnerte ihn.

Jockel sagte zu. Er durfte ihren Vater nicht enttäuschen – er folgte neben Veit dem Leichenkarren. –

Mit seinem Hund auf dem Arm stand der Totengräber nahe bei dem schmalen Loch, das der Küster aushob. Er hatte die stummen Tränen gesehen und schwieg.

Früher durfte niemand außer mir den Boden des Friedhofs aufbrechen, ging es dem alten Mann durch den Kopf. Früher wurde ich noch gut bezahlt für die Arbeit. Aber heute war Geld für die Menschen in Eggebusch so wertlos geworden. Was nutzten die Münzen, wenn es nichts zu kaufen gab? Eine Zeit lang konnte man beim Dorfbäcker Eier gegen grobes Brot tauschen.

Doch bald schon gab es keine Ernte mehr. Die meisten Pflüge waren zerschlagen und sie hatten das letzte Saatgut lieber selbst gegessen, als das Getreide auf dem Feld irgendwelchen Söldnertrupps zu überlassen. In diesem Jahr gab es kein Brot, keine Hirse in Eggebusch. Die wenigen Hühner wurden wie Augäpfel gehütet und ihre Eier versteckt und bewahrt wie ein Goldschatz. Wenn ich den Hunger essen könnte – dachte der Totengräber, dann wär ich fett wie ein Kapaun.

»Weißt du schon, wie viele es heute sind?«, versuchte er,

ein Gespräch anzuknüpfen. Mathias Hobe blickte den Glatzköpfigen an. »Meine Anne ist tot.«

Der alte Mann verstand. Wortlos ließ er den Vater allein. Müde schlurfte er zu der wartenden Gruft hinüber und setzte sich auf den Erdhügel.

Kaum war der Leichenkarren neben dem Dorfbrunnen zum Stehen gekommen, als alle Kinder fluchtartig den Marktplatz verließen. Niemand wollte jetzt Zeuge sein.

Unversehrt hing das lange Seil mit dem Schöpfeimer vom ersten Ast der Linde herunter. Veit und der Dorfvogt befestigten gewissenhaft das Strickende am Zaumzeug des ausgeschirrten Gauls. Dicht über dem Eimer knüpften sie eine Schlaufe und knoteten das Seil fest um Jockel.

»Das Wasser ist zurzeit nicht tief. Alles, was du findest, steckst du in den Eimer.«

Der Sohn des Weißgerbers fror in der warmen Mittagssonne, als die beiden Männer das Pferd vom Brunnen wegführten, bis der Strick sich spannte. Nach kurzem Zögern stieg Jockel über den Rand, gab das Zeichen. Und während der Gaul mit unwilligen Hufschritten sich rückwärts zum Brunnen drängen ließ, sank Jockel tiefer und tiefer dem Wasser entgegen.

Immer wieder stieß er sich mit den Füßen von der feuchten Wand ab und die Kühle des Schachts kroch ihm in die Haut. Das Grauen klammerte sich an ihn, stöhnend flehte er: »Hilf, Herr, hilf in dieser Not! Erbarm Dich mein, Du treuer Gott! Ich bin doch ja Dein liebes Kind, trotz Welt, trotz Teufel und aller Sünd'.« Immer wieder sprach er die ersten Zeilen des Gebetes, das seine kleinen Geschwister vor dem Schlafengehen aufsagten.

Über ihm glänzte das rund geschnittene Blau des Himmels wie ein kaltes Auge, dessen Licht den getrübten Spiegel des Wassers nicht erreichen konnte.

Die Menschen von Eggebusch standen unbeweglich auf dem erweiterten Friedhof. Es war früher Nachmittag und die Spuren der vergangenen Nacht lasteten schwer auf den Gesichtern.

Nacheinander hatte der Totengräber die Erschlagenen in die Gruft getragen. Dreizehn Mal musste er die Sprossen der Leiter hinuntersteigen, erst dann konnte der Dorfvogt den Pferdekarren wegführen. Außerhalb der hölzernen Einfriedung ließ er den Gaul warten und kehrte zu den wenigen zurück, die das Morden verschont hatte.

Etwas abseits der Gruft wartete seine Frau und neben ihr Katharina. Der geschorene Kopf des Mädchens war unter dem festgebundenen Tuch verborgen. Auf Geheiß der Mutter hielt Katharina den Blick starr zu Boden gerichtet.

Vor dem Winkel von Mauer und Holzzaun kniete Elsa Hobe zusammen mit Tobias. Der gebeugte Rücken der Mutter wurde von ihrem Schluchzen geschüttelt. Sie hatten Anne in die nutzlos gewordene Brautkiste gebettet.

Erschreckt sah Tobias auf den verschlossenen Deckel hinunter und konnte den Abschied nicht fassen. Sein Vater stand hoch aufgerichtet neben ihm, der Schmerz hatte die Tränen getrocknet.

Ganz in der Nähe hatte die Weißgerberfamilie für die Großmutter eine schmale Gruft ausgehoben. Die drei Kleinen warteten still zwischen Maria und ihrer Mutter.

Jockel presste die Hände zusammen. Unbarmherzig quälte ihn die Erinnerung an den Brunnenschacht.

Christoph Markart hatte seine Mutter mit dem Schaffell bedeckt und die alte Frau auf den Armen zum Friedhof getragen und in ihr Grab gelegt.

Immer noch verharrten die Trauernden unbeweglich vor ihren Toten. Die Stille klagte in ein Leben, das wie aussätzig Stück für Stück ihre Gemeinde zerriss.

Nur langsam verstrich der stumme Augenblick. Die ersten Blicke suchten vorwurfsvoll den Küster, bald hefteten sich alle Augen auf die große Gestalt.

Mathias Hobe bemerkte nichts von der schweigenden Aufforderung, er hing seiner Trauer nach.

Schließlich stapfte der Dorfvogt zwischen den Holzkreuzen zu ihm hinüber. »Mathias. Willst du nicht anfangen?« In seiner Stimme mischten sich Drängen und Mitgefühl.

Seit Soldaten den protestantischen Pfarrer vertrieben hatten, musste der Küster und Lehrer von Eggebusch aus der Bibel sprechen. Er, der die Heilige Schrift vor der plündernden Horde gerettet hatte und als Einziger in ihr lesen konnte. Mathias Hobe hatte das Buch in Leder gewickelt und an einem sicheren Ort verborgen. Denn jeder Offizier der durchziehenden Heere suchte gierig nach einer Bibel. An den Höfen der Fürsten wurde er für solch eine Beute mit viel Gold bezahlt.

Die Verse, die von der Gnade Gottes erzählten, wusste der Lehrer auswendig. In den Unterrichtsstunden gab er sie an die Kinder weiter.

»Mathias!« Der Dorfvogt fasste seinen Arm.

Nur schwer trennte sich der Vater von dem Anblick der Brautkiste und folgte dem Dorfvogt zu der breiten Gruft.

Andächtig schlossen die Trauernden ihre Hände.

»Der Tod ist verschlungen in den Sieg.
Tod, wo ist dein Stachel? Hölle, wo ist dein Sieg?«

Mathias Hobe stockte, dann sprach er weiter und jeder, der diese Verse kannte, murmelte mit.

»Aber der Stachel des Todes ist die Sünde.
Die Kraft aber der Sünde ist das Gesetz.
Gott aber sei Dank, der uns den Sieg gegeben
Durch unsern Herrn Jesus Christus.«

Und laut sprachen alle das Amen.

Jockel wusste, dass Katharina hinter ihm bei ihrer Mutter stand. Er wagte nicht, sich umzudrehen. Verstohlen sah er zu Tobias hinüber. Der Freund klammerte sich an seine Mutter und weinte mit ihr.

Anne – Jockel seufzte. Ihr Tod war für ihn lebendiger als das Sterben seiner Großmutter.

Der Fünfzehnjährige hob den Blick. Hinter den Latten des Zauns stand eine Frau! Für einen Moment erfasste ihn das Brennen ihrer Augen, dann wandte die Gestalt sich um und floh zum Marktplatz hinüber.

Verwirrt schirmte Jockel das helle Sonnenlicht mit der Hand ab und sah ihr nach. Das war doch die Martha. Ihr Mann ist verschwunden, ging es ihm flüchtig durch den Kopf.

Christoph Markart stieß seinen Sohn an. »Hilf mir, Junge!«

Als sie die Erde auf den Leichnam der Großmutter deckten, begannen Elisabeth und die beiden Brüder, laut zu weinen.

Im Licht des Nachmittags umringten die Bewohner von Eggebusch ihren Dorfvogt am Fuß der großen Linde.

Den kahlköpfigen Alten hatten sie bei der Gruft zurückgelassen. Nur sein kleiner Hund verfolgte aufmerksam jede Bewegung, während er langsam das tiefe Grab zuschüttete.

Scheu mied jeder die Nähe des Brunnens, denn der breite Schatten der Linde lag über ihm wie eine Erinnerung an die Dunkelheit der vergangenen Nacht.

Aus ihrer Mitte waren Kinder, Mütter und Väter gerissen worden. Sosehr sich die Bürger auch aneinanderdrängten, die blutenden Lücken waren nicht mehr zu schließen.

»Warum gehen wir nicht alle in die Wälder?«

»Ja, durch das Torfmoor nach Norden in die Wälder!«

»Wann kommen die Soldaten wieder?«

»Wann sind wir alle tot?«

Ängstliche Fragen flackerten auf. Der Dorfvogt stand nur breitbeinig da und ließ die Leute rufen und schreien.

Jockel hatte Leonhard an der Hand gefasst und war mit ihm zu Tobias und seinen Eltern gegangen. Beschützend hatte der Küster den Arm um Elsa gelegt. Ihre Lippen flüsterten unhörbare Worte.

Der Kleine stellte sich vor Tobias hin. »Wo ist die Anne?«

Erschreckt öffnete der Sohn des Küsters den Mund. Jockel strich ihm sofort beruhigend über die Schulter. »Der Kerl versteht das alles nicht.« Damit zog Jockel den Sechsjährigen vom Freund weg.

»Wo ist denn die Anne?«, wollte Leonhard von seinem großen Bruder wissen.

»Die Anne ist jetzt im Himmel bei der Großmutter.«

Mit zusammengekniffenen Augen starrte der Kleine in

das wolkenlose Blau. Nach einer Weile –: »Ich will auch in den Himmel.«

Hart schlug ihm Jockel über den Mund. Sofort heulte das Kind los.

Der Fünfzehnjährige hockte sich zu ihm und umarmte ihn. »Nicht weinen. Wir kommen alle in den Himmel. Sei still, Leonhard.«

»Bestimmt?«

Jockel standen die Tränen in den Augen. »Ganz bestimmt.« Wieder lag der pestwunde Soldatenjunge vor ihm. Schnell fühlte Jockel nach der Stirn seines jüngsten Bruders. Nein, noch kein Fieberschweiß. Die ersten Anzeichen mussten heute oder morgen ausbrechen. »Tut dir was weh?«

Unwillig befreite sich Leonhard aus den Armen des Bruders und rannte zu den Geschwistern hinüber.

Die Umstehenden bedrängten den Dorfvogt, ihre Stimmen prallten gegeneinander, wurden lauter.

»Wir müssen fliehen!«

Dann schrie eine alte Frau mit hochgereckten Armen: »Der Satan!«

Plötzlich schwiegen alle.

In die Stille zeterte die Alte: »Wir müssen das Böse aus unserem Ort jagen. Sonst sterben wir alle.«

Der Schreck stürzte über Jockel.

Drohend ging der Dorfvogt auf die alte Frau zu. Sie reckte ihm den dürren Kopf entgegen. »Vertreibt die Hexe! Ich warne euch!«

Jockels Hand fuhr zum Griff des Dolches. Mit den Augen suchte er Katharina. Entschlossen hatte sich ihre Mutter vor die Tochter gestellt.

Der Kreis bildete sich jetzt um den Dorfvogt und um die gebückte Gestalt.

»Nun red schon. Was meinst du?« Schwer atmend baute sich der untersetzte Mann vor ihr auf.

Die Alte beschwor die Runde. »Martha! Habt ihr den Blick gesehen? Sie war nicht am Grab. Hier ist sie nicht.« Warnend hob die Frau den Finger. »Ich sag's euch – der Satan ist in sie gefahren!«

In den Gesichtern keimte Verdacht und in einigen blühte schon das ansteckende Gift.

Niemand bemerkte, wie der Dorfvogt erleichtert die Schultern sinken ließ. Auch Jockel löste seine Hand vom Messergriff. Nein, der Verdacht war nicht auf Katharina gefallen.

»Sie bringt noch mehr Unheil! Sie hat über Nacht den Blick bekommen! Der Satan!«

Die Ohnmacht in Eggebusch schrie nach Erklärung. Erklärung, die fassbar war. In ihrer Verzweiflung fanden die Menschen sich schnell bereit. Vielleicht verlangte die Not ein Opfer? Und einer musste Schuld tragen und büßen: Martha.

Mit beiden Armen bahnte sich Mathias Hobe durch den eng stehenden Kreis. »Versündigt euch nicht im Angesicht Gottes!«, rief er drohend und zornig fuhr er die Alte an: »Du gehst nach Hause und redest nicht mehr!«

Seine Stimme hallte über den Marktplatz. »Reicht es denn nicht, dass wir geplündert und erschlagen werden?! Wollt ihr euch jetzt auch noch selbst vernichten? Da am Fluss!« Er streckte den Arm zu den Hügeln im Osten. »Da im Lager lauern sie und kommen, um unsere Kinder und uns selbst zu schlachten. Sie sind das Böse! Wir alle hier, auch Martha, sind ihre Beute. Versündigt euch nicht!«

Das gefährliche Netz zerriss in den Gemütern. Nur ihr Küster und Lehrer hatte diese Kraft. In der langen Zeit ohne Pfarrer war er zu dem Mann geworden, der die Bürger immer wieder ermahnte, nicht auch noch die letzte Zuflucht aufzugeben. Er kämpfte um ihren schwergeprüften Glauben und ließ nicht zu, dass Gottlosigkeit und Aberglaube sie von innen her zerstörten.

Auch wenn sein eigener Glaube an die Gerechtigkeit Gottes heute Morgen beim Anblick seiner Tochter erstickt war.

Die Alte lag zusammengesunken auf dem Boden. Leise wimmerte sie: »Jagt mich nicht weg. Bitte.«

Beruhigend hob der Dorfvogt sie auf. »Niemand jagt dich weg. Aber halt dein Maul. Bei uns gibt's keine Hexe. Keine!« Für einen Moment traf sich sein Blick mit dem seiner Frau – dann nickte er Mathias dankbar zu.

»Hört her, Leute! Es hat keinen Zweck, wenn wir unser Dorf verlassen!«

Ähnlich wie der Küster für den Glauben eintrat, so fühlte er sich für die Dorfgemeinde in Eggebusch verantwortlich.

Es war nicht wichtig für ihn, dass der Fürst den Ort längst aufgegeben hatte und selbst die Steuereintreiber nicht mehr kamen, um den Zins und die Abgaben zu verlangen. Er war der Dorfvogt. Und sein Eggebusch mit den fünfunddreißig heute noch Lebenden war die einzige Welt, die ihm geblieben war.

»In den Wäldern wird keiner von uns überleben. Wir können nirgendwohin gehen. Für uns hat niemand mehr Platz! Geht nach Hause – heute Nacht seid ihr sicher.«

Nach dem ersten Überfall ließ die plündernde Meute meist einige Tage verstreichen, bevor sie zurückkehrte. In der Zwischenzeit fielen die Söldner in die weit entfernten Orte der Umgebung ein. Erst wenn sie die anderen Dörfer ausgesaugt hatten, drohte wieder Gefahr.

Vielleicht aber brachen sie auch das Lager ab und das Heer zog weiter?

Eggebusch war für einige Tage sicher.

Vielleicht. Denn die ausgehungerten Fußtruppen waren sicher schon im Lager eingetroffen.

Langsam löste sich der Kreis und jeder ging und kehrte in seinen gewohnten Tag zurück.

Die Mutter bat Jockel, mit den Kleinen auf den Feldern Brennnesseln zu rupfen. Maria sollte ihr helfen, alles für die Geburt herzurichten.

Endlich von den Erwachsenen und dem Friedhof erlöst, stürmten die Geschwister los. Jockel trug den Beutel und konnte ihnen kaum in den warmen Nachmittag folgen.

Barfüßig stiegen die drei Kleinen durch die Mulden und über die Erdhaufen des zerwühlten Ackers. Seit mehr als vierzehn Tagen hatte es nicht geregnet und die grauschwarzen Klumpen bröckelten unter den leichten Tritten.

Vor einer der grünen Inseln warteten die Geschwister auf Jockel. Die Brennnesseln und Disteln standen hoch und die Kinder fürchteten sich vor ihrer Bewaffnung: den Brennhärchen und den nadelspitzen Dornen.

Schmunzelnd beobachtete Jockel die drei. Sie sprangen aufgeregt um die Insel herum, versuchten immer wieder einen Zutritt und mussten doch wieder zurückweichen. Schließlich bückte sich Valentin, nahm einen Stein auf und schleuderte ihn voller Zorn in die unbetretbare Insel. Elisabeth und Leonhard folgten seinem Beispiel und die drei unterstrichen mit Beschimpfungen und Drohgeheul den Angriff auf die grüne Festung.

Jockel konnte sich nicht nach Eggebusch umwenden. Mit jedem Schritt in den weiten Nachmittag der freien Landschaft versuchte er, die Erinnerung an den Morgen und an die vergangenen Stunden zu zertreten. Doch die Beerdigung, der Brunnen, Anne und die Großmutter lasteten wie Felsbrocken in seinem Herzen. Seine Gedanken flohen zu Katharina – sie überwanden die schweren Hindernisse und erreichten die Ebene voller Sehnsucht und Wärme. Sie stand neben ihrer Mutter, ohne den Blick zu heben, und doch war Jockel so vertraut mit ihrem Gesicht, ihren Augen. Er seufzte. Bis jetzt hab ich nur mit ihr gesprochen, wenn sie nicht da war – nur in Gedanken.

Seit mehr als zwei Jahren ging Katharina nur noch in Begleitung ihrer Mutter oder des Vaters durch Eggebusch – unerreichbar für Jockel und seine Fragen. Früher hatte der Fünfzehnjährige sie gar nicht beachtet, da war sie nur eins der Mädchen gewesen, das am Brunnen mit einem Holzeimer auf das Wasser wartete oder sich in der Gerberei des Vaters Lohkässtücke abholte, wenn ihre Mutter ein Stück Fleisch räuchern wollte und die von den Kleinen mit den Füßen getrippelten Lohkässtücke als Schwelbrand benötigte. Fleisch gab es schon lange nicht mehr und seit dem Tag, an dem ein Steuereintreiber auf dem Marktplatz vor dem kleinen roten Satansbalg des Dorfvogts gewarnt hatte, ging Katharina nie mehr ohne die Eltern durch Eggebusch.

Jockel hatte längst die grüne Insel erreicht. Das Geschrei der Geschwister durchdrang nur schwach den Vorhang seiner Gedanken. Doch dann wurde Valentin, angestachelt durch den eigenen Zorn, immer mutiger. Schließlich fasste er mit der bloßen Hand nach den Brennnesseln. Die beiden anderen hielten gespannt den Atem ein. Ein Blatt – noch ein zweites Blatt. Langsam veränderte sich das Gesicht des Jungen, die Miene wurde tapfer. Elisabeth und Leonhard staunten – aber dann drang das Gift der feinen Haare in die weiche Fingerhaut! Wie heiße Glutstücke ließ Valentin die Brennnesselblätter fallen, jammerte und grub mit der verbrannten Hand in der Ackererde, um sie zu kühlen. Schadenfroh und zufrieden lachten die Geschwister: Valentin war doch noch kein großer Bruder.

Um den Schmerz zu verbergen, stürzte sich Valentin wütend auf Elisabeth und Leonhard. Ehe es zu einer Prügelei kam, riss Jockel seine Gedanken von Katharina los. Er hielt Valentin an seinem Kittel fest.

»Hört auf!«

Um Brennnesseln zu sammeln, brauchte man eine harte Hand. Jockel zeigte es den Kleinen. Fest griff er nach den Blättern, riss sie ab und steckte sie in den Beutel. »Nächstes Jahr kannst du das auch«, tröstete er den Zehnjährigen und schickte ihn zusammen mit den beiden anderen zum Wiesenhügel. »Sucht Löwenzahn und Sauerampfer – darüber freut sich die Mutter!«

Wie kleine Hasen hüpften seine Geschwister zum Hügel hinunter.

Jockel schlug sich mit dem Beutel einen Pfad in die Disteln und Nesseln und drang tiefer in das Pflanzendickicht ein.

Hafer! Der Sohn des Weißgerbers strahlte: Zwischen den hohen Disteln verborgen, standen einige Ähren. Um die wenigen Körner nicht zu verlieren, schnitt er die Halme mit seinem Messer; dicht daneben fand er noch einige Ackersenfpflanzen – dann sammelte er mit beiden Händen die Brennnesselblätter ein.

Über dem Wald stiegen Raben auf und kreisten. Ihr Krächzen zerschnitt den Nachmittag.

Schnell blickte Jockel zu ihnen hinauf und gleich darauf schnürte sich eine Schlinge um seinen Hals. Die schwarzen Vögel flogen ihre unruhigen Kreise genau über der Lichtung, auf der gestern die fremden Frauen und Kinder über ihn hergefallen waren. Immer mehr Vögel flatterten träge auf und ihr Krächzen war lang gezogen, brach ab und begann wieder.

Jockel schüttelte verzweifelt den Kopf: Nur der sterbende Soldatenjunge war zurückgeblieben.

Die Raben hacken und fressen – sie werden satt an der Pest! Vergeblich wehrte sich der Fünfzehnjährige gegen das Grauen.

Plötzlich schrien vom Hang her die Kleinen: »Jockel!« Der Sohn des Weißgerbers schlängelte sich zwischen den Disteln zurück auf den freien Acker. Aufgeregt fuchtelten Elisabeth und Valentin mit den Armen. Neben ihnen krümmte sich Leonhard.

»Jockel!« Immer gellender. »Jockel!«

Der große Bruder hetzte über das Feld. Seine Gedanken trieben ihn: Nein, nicht Leonhard. Nein! Die Raben. Die schwarzen Beulen auf der Brust des Soldatenjungen. Das blutverschmierte Gesicht. Bitte, nicht Leonhard!

Schon hatte Jockel die Geschwister erreicht.

»Der Leonhard spuckt.« Staunend betrachteten Valentin und die Schwester den Kleinen.

Aus dem Lauf ließ sich Jockel vor ihm auf die Knie fallen. Immer wieder würgte der Sechsjährige, der Krampf schüttelte den ganzen Körper. Sein Gesicht war rot angelaufen und endlich spie er. Seine kleinen Fäuste presste er auf den Magen.

Jockel wollte schreien. Er konnte nicht. Die Pest: Krämpfe, Würgen – Fieber!

Verzweifelt hielt Jockel den Bruder fest. Noch einmal krümmte sich der Junge zusammen, dann setzte er sich matt ins Gras und weinte. Jockel strich ihm über die schweißnasse Stirn. »Was ist . . .«, stammelte er.

Wütend blickte Leonhard auf Valentin und noch mit Tränen in den Augen öffnete er die rechte Faust. Er hielt Jockel ein zerquetschtes Regenwurmstück hin. »Valentin hat gesagt, wenn ich viele Regenwürmer esse, dann bekomme ich ein Huhn.«

Die plötzliche Erleichterung überfiel ihn. Wild presste Jockel den Kleinen an sich. Nur Regenwürmer!

Er trocknete dem Bruder die Stirn. Heute oder morgen müsste die Pest sich zeigen. Mit beiden Daumen wischte er dem Kleinen die Tränen weg. »Es waren nur Regenwürmer«, flüsterte er.

Schuldbewusst suchten Valentin und Elisabeth wieder emsig nach Löwenzahn und Sauerampferblättern.

»Wenn wir zu Hause sind, dann schenke ich dir etwas.«

»Was denn?« Die Neugierde vertrieb dem Kleinen den letzten Kummer.

»Das verrat ich nicht. Such jetzt noch was für unser Essen!«

Wie aufgeweckt rannte Leonhard zu den beiden Geschwistern hinüber.

Über dem Wald hatten sich die Raben zu einem Schwarm zusammengerottet. Jetzt ließen sie sich krächzend ins Tal hinuntergleiten.

Jockel blieb erschöpft auf der Wiese sitzen. Er hörte, wie die Schwingen die Luft zerschnitten, dann fiel das Rabenheer flatternd auf den Acker nieder.

Das Gelb der Schnäbel war dunkel verschmiert.

Angeekelt schloss Jockel die Augen, doch der Anblick der Vögel blieb und hielt seine Gedanken: Diese Raben wurden größer und größer. Riesenvögel, mit Schnäbeln wie Äxte!

Dann krochen aus den Totenkopfhäusern ihre Schwestern, die Ratten. Sie wachsen mit jedem Herzschlag, werden kräftiger als Wölfe und ihre Zähne sind lange weiße Dolche. Die Menschen schrumpfen zusammen, werden kleiner und kleiner. Sie verstecken sich in Körben. Durch das Flechtwerk der Weidenruten beobachten sie furchtsam die Herrinnen von Eggebusch. Die schieben sich dicht gedrängt über den Marktplatz und zwängen sich durch die schmale Gasse zum Ausgang. Nach den letzten Hütten setzen sie sich nebeneinander – erheben sich auf den Hinterpfoten. Jetzt sind sie größer noch als der Vater von Tobias.

Laut schrillen ihre Pfiffe zu den Raben hinüber. Ihre schwarzen Brüder antworten mit zufriedenem Krächzen.

Dann lachen die Ratten, sie lachen – dann lachen die Raben und lachen. Bis zum Waldrand hinauf und nach Eggebusch hinunter pfeift und krächzt das Lachen!

Jockel presste die Hände auf die Ohren und riss die Augen auf.

Noch nicht!

Dicht vor ihm säuberten die Raben ihre Schnäbel in der

Ackererde. Schnell blickte Jockel nach Eggebusch hinüber – das Dorf lag still in der späten Sonne.

Nein, noch nicht!

Mit einem Satz war der Fünfzehnjährige auf den Beinen. Wild ruderte er mit den Armen und brüllte. Sein Schreien stürmte vor ihm her auf den Acker. Empört hüpften die Vögel. Schon hatte Jockel sie erreicht. In tobender Wut stürzte er sich auf einen der Raben. Doch das Tier wich ihm aus. Erst jetzt schlugen sie alle schwer mit den Schwingen und erhoben sich träge. Ihr Geschrei fluchte, doch als sie Höhe gewannen, klang es Jockel wieder wie Lachen.

Er riss den Kopf zurück. Über ihm beschmutzten kreisende schwarze Flecken das strahlende Blau des Oktoberhimmels.

»Pestflecken!« Entschlossen rief Jockel nach den Kleinen. Sie stopften stolz ihre gesammelten Blätter in den Beutel und folgten dem großen Bruder zum Dorf.

Flatternd ließ sich das Rabenheer wieder auf den Acker fallen.

Mit dem gefüllten Beutel schickte der Fünfzehnjährige Valentin und Elisabeth in die Wohnhütte. »Sagt der Mutter, Leonhard und ich kommen bald.«

Nur mit Mühe konnte der große Bruder den jüngsten davon abhalten, den Geschwistern nachzulaufen. Wütend holte Leonhard tief Luft, um loszuschreien.

»Warte doch. Ich will dir etwas schenken.«

Der Widerstand erlahmte und wich einer kindlichen Aufregung. »Was denn? Sag, was?«

Beinahe artig fasste der Kleine Jockels Hand. Der Fünfzehnjährige legte geheimnisvoll einen Finger auf die Lippen. »Wir müssen ganz leise sein«, flüsterte er.

Eifrig presste Leonhard auch einen Finger auf den Mund und nickte. Jockel spielte jetzt nur mit ihm, nicht mit den anderen Geschwistern! Gespannt blickte der Sechsjährige ihn an.

Der große Bruder beugte sich zu seinem Ohr. »Du gehst jetzt in den Stall, stellst dich neben die Ziege und kneifst die Augen fest zusammen. Da wartest du, bis ich dich hole.«

Leonhard hatte verstanden. Auf Zehenspitzen schlich er über den Hof und verschwand in dem schmalen Holzverschlag.

Jockel vergewisserte sich. Er wollte nicht beobachtet werden. Kurz horchte er auf die Stimmen in der Wohnhütte. Kichernd erzählten die Kleinen von den Regenwürmern. Die Fragen der Mutter schürten das vergnügte Geplapper. Nur Maria schien nicht im Haus zu sein, doch das beunruhigte Jockel nicht.

In der Werkstatt hantierte der Vater – der Fünfzehnjährige nickte zufrieden.

Rasch ging er auf der Hofseite die kleine Mauer entlang, stieg hinter der Hütte über alte Bretter und hockte sich dann neben eine vorspringende Stelle des Walls. Mit beiden Händen zog er vorsichtig einen Stein aus dem Gefüge. Schon als Kind hatte sich Jockel hier einen Hohlraum angelegt, in dem er seine geheimsten Dinge versteckte.

Früher waren es ein handgroßes Schaukelpferd, das sein Vater ihm geschnitzt hatte – und die Kügelchen aus gebranntem Lehm, die er mit großer Geschicklichkeit den Gleichaltrigen beim Spiel auf dem Marktplatz abgenommen hatte.

Später begann die Zeit, in der er dem Vater beim Gerben der Felle oder auf dem schmalen Ackerstück bei der Feldarbeit helfen musste. Damals verschenkte Jockel das Pferdchen an Valentin, der es schon nach zwei Tagen verloren hatte. Die Kügelchen verteilte er gerecht zwischen den kleineren Geschwistern – und das Versteck blieb lange leer.

Mit zwölf Jahren fand Jockel nach einer Nacht voller Plünderung, Geschrei, Blut und Tod, nach dem Morgengrauen, in dem die Soldatenweiber und deren Kinder in die Hütten einfielen und mit Beute beladen wieder abzogen – an diesem Vormittag fand Jockel auf der Gasse seinen Schatz. Er lag da auf dem Pflaster und glitzerte. Irgendeins der raubenden Kinder hatte ihn verloren. Jockel nahm ihn auf und verbarg den Schatz in seinem Mauerversteck.

Jetzt griff der Fünfzehnjährige in den Hohlraum, seine Finger berührten das Verborgene und vorsichtig zog Jockel die Kette ans Licht.

An das hart gewordene Lederband waren in Abständen zehn Amulette geknotet. Mit einem leichten Schauer betastete Jockel sie wie wertvolle Perlen: den silbergefassten Wolfszahn und die Maulwurfspfote gegen das schwere Zahnen und Zahnweh – das Menschenhäutchen, dieses kleine Stück der Glückshaube –, die Münze für den Reichtum. Behutsam strich Jockel über den winzigen Stoffbeutel, in dem auf Pergament geschriebene Gebete und Segenssprüche eingenäht waren – seine Fingerkuppen glitten über den Blutstein, der gegen Schlangengift half – den Kristall, der vor Durst und Hitze bewahrte. Dann fasste der Fünfzehnjährige den kleinen silbernen Sebastianspfeil, er beschützte vor der Pest! Gleich neben ihm folgten die Dachspfote und die von einem Ring umfassten Dachshaare. Jockel drückte seine Nase in das Büschel und sog den Atem ein. Immer noch war der scharfe Geruch vorhanden, der die Pest und die Ansteckung abwehren sollte.

Wenn Leonhard schwitzt, wird der Geruch wieder stärker. Langsam ließ der Sohn des Weißgerbers das Kindsgehänge in seine Kitteltasche gleiten und verschloss das Versteck sorgfältig mit dem Stein.

Neben der Ziege wartete der Sechsjährige. Gehorsam hielt er immer noch die Lider fest zusammengepresst. Als Jockel den Stall betrat, flüsterte der Kleine: »Ich hab der Ziege nichts verraten.«

»Das ist gut.« Jockel lächelte und fasste die Hand des Bruders.

»Jetzt darfst du die Augen wieder aufmachen.«

Erwartungsvoll blickte Leonhard den Großen an – dann schob er enttäuscht die Unterlippe nach vorn. »Aber du hast mir doch versprochen . . .«

Jockel nickte besänftigend. »Gleich. Komm mit.«

Unbemerkt verließen die beiden Brüder den Innenhof.

Die Gasse, die engen Winkel und der Marktplatz lagen menschenleer. Im Westen war die Sonne tief gesunken und zeichnete die längsten Schatten des Tages.

Jockel zog den kleinen Bruder zur Kirche. Auf dem Pfad zwischen den Gräbern hinauf zum Eingang wollte Leonhard nicht weitergehen. Er glaubte nicht mehr an ein Geschenk. Empört beschimpfte er Jockel, doch der große Bruder hob ihn auf und trug den Sechsjährigen bis zu dem gepflasterten Vorplatz, hier setzte er ihn wieder ab.

»Wir gehen jetzt zusammen in die Kirche!«, bestimmte

er ärgerlich und war bereit, den Kleinen notfalls zu zwingen.

Leonhard schüttelte den Kopf. »Du hast mir ein Geschenk versprochen! Ich geh nicht in die Kirche!«

Als letzten Überredungsversuch fasste Jockel in die Kitteltasche und ließ den Sechsjährigen ein Amulett der Kette sehen. Sofort grapschten die kleinen Hände danach, doch der große Bruder war schneller. Er zeigte in den dunklen Kirchenraum. »Da drin bekommst du das Geschenk.«

Misstrauisch suchte Leonhard in den Augen des Bruders nach einem Scherz, aber in Jockels Gesicht stand nur die angstvolle Entschlossenheit. Für einen kurzen Moment schwankte der Junge noch, dann glaubte er Jockel – ohne ihn wirklich zu verstehen. –

Nur langsam gewöhnten sich die Augen an das Dämmerlicht. Ruhig führte der Fünfzehnjährige den Kleinen durch das Kirchenschiff auf den Altar zu. Die eingestürzte Kanzel mit der abgeknickten Wendeltreppe lag da wie ein verletztes Tier. Plötzlich klammerte sich Leonhard fest an den großen Bruder und zeigte nach vorn. Jetzt entdeckte auch Jockel die Gestalt, die vor dem Altar kauerte. Sofort versteckte Jockel den Sechsjährigen hinter sich. »He!«

Die Gestalt sprang auf, wandte sich um und rannte zum Ausgang.

Eine Frau! Jockel erkannte das verzerrte Gesicht, diese Augen – dann floh Martha aus der Kirche.

»Hab keine Angst, Leonhard, die Martha hat nur gebetet.«

Das weiße Licht des Rundfensters streifte das große Kreuz und fiel auf den kantigen Altarstein hinunter.

Jockel ließ den jüngsten Bruder auf der Stufe knien und kauerte sich selbst dicht hinter ihm mit den Knien auf den kalten Kirchenboden nieder. »Ich schenk dir eine wunderschöne Kette.«

Sofort wollte Leonhard wieder aufstehen.

»Nein, guck zu dem Kreuz«, flüsterte Jockel. Rasch nahm er das Kindsgehänge aus der Kitteltasche, legte es um den kleinen Hals und knüpfte die Enden des Lederbandes fest zusammen.

Vorsichtig fasste der Sechsjährige nach den vielen Anhängern. »Schenkst du mir das wirklich?«, hauchte er.

»Noch nicht. Erst wenn wir gebetet haben. Sieh nach oben!«

Jockel umarmte die schmächtige Gestalt von hinten, verschränkte die kleinen Finger und faltete sie vorsichtig mit den eigenen Händen wie einen zerbrechlichen Vogel.

Langsam hob jetzt auch der Fünfzehnjährige den Kopf. Sein Blick erfasste das verwundete Kreuz an der hohen Stirnwand. Hilflos suchten seine Augen zwischen den genagelten Händen. Jockel wusste, dass Soldaten auf den Leib geschossen und den Körper heruntergerissen hatten.

Aber ich muss doch zu dir beten! Herr Jesus, Du bist einfach aus Eggebusch auferstanden. Warum hast Du uns nur deine Hände und Füße hiergelassen?

»Beten wir jetzt?« Leonhard wurde ungeduldig.

»Gleich. Gleich.«

Jockel stöhnte und schloss die Augen. So war ihm die Verlassenheit leichter.

»Leonhard, sag jetzt genau, was ich bete.«

Der Kleine nickte.

Jockel hatte den Vers im Unterricht gelernt. Langsam sprach er:

»Aus tiefer Not schrei ich zu Dir.«

Mit heller Stimme krähte der Sechsjährige eifrig:

»Aus tiefer Not schrei ich zu Dir.«

Dem großen Bruder liefen die Tränen über die Wangen: Wir alle sind in Not – selbst der Jesus, Dein Sohn.

»Herrgott! Erhör mein Rufen!«

Unbekümmert rief der Kleine zu dem Kreuz hinauf. Jockel konnte nur stockend weitersprechen:

»Dein gnädig Ohren kehr zu mir.«

Wieder wartete er, bis der Bruder die Zeile nachgesprochen hatte.

»Und meiner Bitt' sie öffne.«

Plötzlich wusste Jockel die gelernten Worte nicht mehr. Das ist Sünde – die Schuld überfiel ihn, verzweifelt suchte er in seinen Gedanken. Bitte, Leonhard darf nicht sterben. Ich will doch gar nichts für mich.

»Und behüte vor der Pest.«

Dem Kleinen war es unbequem, er rutschte auf den Knien hin und her, schnell sagte er die vorgesprochenen Worte und setzte energisch hinzu: »Amen!«

Jockel wiederholte zögernd: »Amen.«

Er öffnete die Augen und sah flehend zu den abgehackten Händen hinauf.

Ungeduldig entzog sich Leonhard der Umarmung und betastete die Amulettkette. »Darf ich das wirklich behalten?«

Jockel erhob sich. »Nur wenn du es immer um den Hals trägst.«

Mit einem Jubelschrei rannte Leonhard durch den Kirchenraum hinaus ins Freie.

Nur noch heute Nacht, vielleicht auch morgen, dann ist er gerettet, dachte der Fünfzehnjährige, während er langsam dem hellen Ausgang zuschritt. Dafür muss das Gebet doch reichen. Auch wenn ich nicht mehr weiterwusste.

Draußen auf dem Vorplatz blieb Jockel stehen. Er beobachtete Leonhard, dann schüttelte er den Kopf. Der weiß gar nichts.

Mit großer Behändigkeit erkletterte der Jüngste bereits die Friedhofsmauer und balancierte auf dem schmalen Wall entlang.

Wie ein Wiesel, lächelte Jockel dann und die Beklemmung in seinem Herzen löste sich ein wenig.

Inzwischen war Leonhard bis zu dem Teil der Mauer gelaufen, der an den erweiterten Friedhof grenzte.

Der letzte Schein der untergehenden Sonne erreichte noch die kleine Gestalt. Mit beiden Armen winkte Leonhard zu den frischen Gräbern hinunter. »Maria!«, rief er. »Ich hab eine Kette!«

Jockel ging eilig zwischen den eng liegenden Gräbern zu ihm hinüber. Immer wieder rief der Kleine den Namen seiner Schwester. Jockel blickte über die Mauer.

Vor Annes Grab standen Tobias und Maria. Der Freund hatte seinen Kopf an der Schulter des Mädchens geborgen. Maria hatte die Arme um ihn gelegt. Beide verharrten still und das Rufen des Jungen ging über sie hinweg.

»Halt's Maul!«, befahl Jockel dem Sechsjährigen, fasste die nackten Beine und hob ihn zu sich herunter. Empört wollte Leonhard losschreien, doch Jockel verschloss ihm mit der Hand den Mund. Er blickte noch einmal zu den beiden hinüber.

Trost.

Das Elend in Eggebusch sog den Trost auf wie rissige Erde. Nur für Augenblicke stillten die wenigen Tropfen den Durst der Hoffnungslosigkeit.

Jockel verließ mit dem jüngsten Bruder den Friedhof. Während sie zur Gerberei zurückgingen, sehnte er sich danach, Katharina so in den Arm nehmen zu dürfen.

Das Gewehr geschultert, fand der Küster seinen Sohn und das Mädchen vor dem schmalen Grab – beide standen immer noch ineinander verborgen.

»Die Mutter sucht dich, Tobias.«

Erschrocken löste sich Maria, doch der Küster nickte ihr freundlich zu. »Deine Mutter braucht dich sicher auch, Maria.«

Stumm nickte das Mädchen.

»Dann geht nach Hause.« Mathias Hobe hatte leise gesprochen, seine Stimme war schwer von der Last dieses grausamen Tages.

Nebeneinander verließen die jungen Menschen den Friedhof. Der Küster verharrte noch wehmütig am Grab seiner Tochter.

Später stieg er über die engen Leitern in den Kirchturm hinein. Oben in der leeren Glockenstube setzte er sich hin und legte das geladene Gewehr zusammen mit der Pulverflasche neben sich. Die Männer des Dorfes hatten beschlossen, Wache zu halten. Mathias wollte als erster die Nacht hier oben verbringen.

Im Zwielicht des Abends glitten seine Augen das helle Band des Fahrwegs hinauf und klammerten sich an das Schwarz des Waldrandes.

»Anne. Anne, mein Kind«, murmelte er. Als Sterne den Nachthimmel bezogen, starrte der Küster immer noch zu der Stelle hinüber, an der seine Tochter gestorben war.

Unter der weißen Ascheschicht schwelte noch die Glut des vergangenen Abends. In ihr hielt sich das Herdfeuer verborgen und schien auf den neuen Tag zu warten.

Schon vor mehr als einer Stunde war Ursula Markart leise von der gemeinsamen Schlafstatt im rückwärtigen Teil der Hütte aufgestanden. Die ersten Wehen hatte sie noch stumm ertragen, doch als die Abstände kürzer wurden, hatte sie sich vorsichtig aus der Umarmung von Elisabeth und Leonhard gelöst, um die Schlafenden nicht aufzuwecken.

Mit beiden Händen klammerte sich jetzt die vom Hunger geschwächte Frau an die Kante der Tischplatte – der ziehende Schmerz krümmte ihren Körper. Ursula zwang den Atem zur Ruhe, bis die qualvolle Welle abebbte. Dann strich sie beruhigend mit einer Hand über ihren gespannten Leib. »Warte. Lass dir Zeit, mein Kind«, flüsterte sie.

Mühevoll richtete sich die Schwangere auf. Sie horchte nach den gleichmäßigen Atemzügen ihrer Familie – dem Takt der Stille. Noch gehörten das schwache Morgenlicht des 5. Oktober und diese letzte Stunde vor dem Gebären ihr allein.

Mit unsicheren Schritten schleppte sich Ursula zu dem wassergefüllten Holzeimer neben dem Herd. Ihr Mund war ausgetrocknet, sie trank in kleinen Schlucken und kühlte sich die Stirn. Wieder glitt ihr Blick über die heugestopften Säcke vor der Feuerstelle – dort würde sie sich hinlegen.

Warte. Lass dir Zeit, mein Kind.

Zusammen mit Maria hatte sie gestern am späten Nachmittag das Lager hergerichtet, den festen Leinenstoff über die Säcke gebreitet, das Messer und die frischen Tücher auf den Schemel gelegt.

Ein neuer Schmerz überfiel sie, wuchs zu einem Stöhnen und zog sich langsam zurück.

Warte. Lass dir doch Zeit, mein Kind.

Der Weg zum Tisch war weit. Erschöpft ruhte sich Ursula auf einem der grob gezimmerten Hocker aus. Zum zwölften Mal drängte ein Kind in ihr, um geboren zu werden. Drei waren tot zur Welt gekommen, zwei noch in den ersten Wochen gestorben und den kleinen Sebastian hatten ausgehungerte Soldaten am helllichten Tag auf der Straße eingefangen und verschleppt.

Wehmütig schloss die Mutter ihre Augen. Plötzlich riss sich wieder der Dreijährige von ihrer Hand. Ehe sie ihn fassen konnte, schlüpfte er aus dem sicheren Versteck und rannte. Und zu spät ahnte er etwas von der Gefahr! Zwei Soldaten trieben Sebastian vor sich her – packten ihn. Ursula wollte aufspringen, um dem Sohn zu helfen, doch ihr Mann hielt sie flehend zurück. Entsetzt sah sie noch, wie der Junge, an Händen und Füßen gefesselt, quer auf den Rücken eines Pferdes gebunden wurde – eine zappelnde Beute für den Hunger.

Wie oft quälten sie diese Bilder. Vergeblich presste Ursula die Fäuste an die Stirn, um die Gedanken an diesen Tag zu erdrücken, vergeblich – sie weinte stumm und Sebastian blieb in ihren Tränen. Nein, das ist keine Zeit, dachte sie verloren. Der Krieg hat keine Zeit für Menschen.

Sie hob den Blick. Das helle Grau des Morgens schimmerte durch die Fensteröffnung und drang schon bis zu dem breiten Schlafplatz hinüber.

Fünf Kinder lebten. »Wie wenig kann ich für euch tun«, flüsterte Ursula.

Der Krieg gibt Eltern keine Zeit. Kaum seid ihr auf der Welt, dann müsst ihr euch selbst gegen das Elend wehren. Verzweifelt legte sie beide Hände über das ungeborene Kind.

»Warte. Noch kann ich dich beschützen.«

Mit ungeduldiger Heftigkeit bestimmte die neue Wehe alle Zeit. Ursula schrie auf, ihre Finger krallten sich in den Kittelstoff. Atemlos rief sie nach der ältesten Tochter und weckte damit ihre ganze Familie.

Geburt.

Maria war gleich bei der Mutter. Langsam führte sie die Stöhnende zu dem Lager vor der Feuerstelle.

Schlaftrunken stolperte Jockel über den Hof. Er nahm Späne und größere Scheite von dem aufgeschichteten Holzstoß und brachte sie in die Hütte.

Christoph Markart strich seiner Frau einmal liebevoll über die Stirn, dann griff er den Blasebalg, befreite die Glut von der Asche und entfachte das Feuer. Gemeinsam mit Jockel befestigte er den wassergefüllten Eisentiegel an der Kette des Dreifußes.

Geburt – und jeder kannte seinen Platz.

Ursula stöhnte. Sie lag auf dem Rücken mit angewinkelten Beinen. Immer rascher folgten die Wehen aufeinander.

Maria hatte den Kittel der Mutter hochgeschoben und trocknete ihr jetzt mit einem Tuch das schweißnasse Gesicht.

Jeder Handgriff der Tochter war ruhig und voller Sicherheit. Seit zwei Jahren, seit dem elften Lebensjahr, war sie die Hebamme ihrer Mutter – ernst und fürsorglich.

Dicht aneinandergedrängt hockten Elisabeth und die beiden Brüder neben dem hochgewölbten Bauch und beobachteten gespannt, wie die Wehen den Leib erschütterten.

In der Nähe des Feuers wartete Jockel mit seinem Vater. Die hellen Flammen leckten an dem Tiegel hoch. Ihr Schein fiel wärmend über den Körper der Mutter. Sie hatte die Augen geöffnet und Jockel litt unter den Schmerzen, die in ihrem Blick standen.

Neben ihm faltete der breitschultrige Mann die Hände, seine Lippen bewegten sich. Christoph betete tonlos für seine Frau.

»Maria!« Hilfe suchend rief Ursula den Namen. Als die letzten Schmerzen einsetzten, fühlte sie sich plötzlich zu schwach, zum zwölften Mal diese Anstrengung allein zu leisten. Fest legte das Mädchen beide Hände an und drückte das Ungeborene vorsichtig im Rhythmus der Wehen nach unten.

Für Ursula Markart war es wieder dieses glühende Rund, das wuchs, ihr keuchend den Atem nahm – und dann diese einzige große Kraft.

Andächtig starrten die Kleinen auf den Kopf, der plötzlich da war, die Schultern. Maria fasste behutsam nach den Achseln und mühelos glitt das Kind ins Leben.

Schnell presste die Dreizehnjährige das Blut der Nabelschnur zu dem Neugeborenen zurück. Jockel nahm das Messer und hielt es der Schwester hin. Doch Maria schüttelte den Kopf, zerbiss mit ihren Zähnen die Schnur und knotete sie über dem kleinen Bauch.

»Lebt es?«, hauchte Ursula. Ihre älteste Tochter hielt das Kind an beiden Füßen und schlug ihm leicht auf das Hinterteil. Kein Schrei – das Neugeborene wimmerte nur leise. Kraftlos hob die Mutter ihre Hände. »Gib es mir!«

Maria legte ihr liebevoll das Kind auf den Bauch. »Es ist ein Junge.«

Mit den Fingerkuppen tastete Ursula Markart nach den nassen Härchen.

In zwei großen Schritten war Christoph neben dem Lager seiner Frau. Ohne den Sohn anzusehen, kniete er sich zu ihr.

»Ursula«, murmelte er.

»Es war ganz leicht.« Sie lächelte und legte erschöpft die Wange an seine Hand.

Nur einen Moment.

Dann ermahnte sie die Sorge. »Hol den Küster, Christoph. Der Junge ist nicht stark. Ich will, dass er getauft wird.«

Erst jetzt beugte sich der Vater zu dem Kind. Vorsichtig drückte er seine Lippen auf den kleinen Kopf. Du atmest, aber wie zerbrechlich bist du noch, mein David, dachte Christoph.

David. Diese Geschichte stand plötzlich vor ihm. Und Goliath war überall! Du musst tapfer sein.

Fragend blickte Christoph seine Frau an. »Wir sollten ihn David nennen. Vielleicht schafft er es dann.«

Ursula wiederholte den Namen leise. Sein Klang setzte sich in ihr fort, dann nickte sie.

Entschlossen stand der Vater auf und verließ die Hütte. –

Jetzt löste sich auch das stumme Staunen der drei Kleinen. Jubelnd versuchten sie gleichzeitig, die Mutter zu umarmen, doch Maria riss sie aus Angst um das Kind zurück.

Jockel fasste die Hand seiner Mutter. Die Zärtlichkeit nahm ihm die Stimme, doch Ursula verstand ihn. »Es geht mir gut, Jockel. Hilf deiner Schwester.«

Nacheinander durften Valentin und Elisabeth der Mutter endlich einen Kuss geben. Leonhard betrachtete das Neugeborene gründlich, dann nickte er zufrieden. »Ich bin schon viel größer«, verkündete er.

Sorgsam mischte Jockel das Badewasser in dem Holzeimer. Als seine Schwester den kleinen David aufnahm, sah Ursula Markart ihre Tochter dankbar an. »Du wirst eine gute Frau.«

Maria lächelte stolz und wandte sich um. Doch die Mutter rief sie zurück. »Gib den Kleinen von dem Fett. Sie haben so lange nichts gehabt.«

Das Mädchen verstand und hielt ihren Geschwistern den Bruder hin. Vorsichtig strichen die drei das warme Kindsfett von der Haut des Neugeborenen und lutschten die Finger ab. Ihre Augen strahlten. Die Köstlichkeit schmeckte nach Rahm und Butter! Auch Maria kostete von den hellen Flecken, die über den winzigen Körper verteilt waren. Zuletzt schabte sich Jockel den kleinen Rest auf den Zeigefinger.

Dieser Geschmack war für ihn Erinnerung. Nach jeder

Geburt hatte er von der Schicht gegessen, die sich noch im Mutterleib schützend um die Geschwister gebildet hatte.

Während Maria schließlich das Kind wusch, krümmte sich Ursula Markart in den späten Nachwehen.

Entkräftet schloss sie die Augen, sie spürte noch, wie Jockel das Leinentuch unter ihr fortnahm – dann versank sie in tiefen Schlaf.

Auf dem Weg zum Marktplatz bemerkte Christoph Markart plötzlich, dass ein schöner Tag angebrochen war. Der Morgen strahlte über Eggebusch.

Ein guter Samstag für meinen David. Er grinste über sich selbst. Ja, ein schöner Tag!

Es fiel ihm nicht auf, dass jeder Tag in den vergangenen Wochen ebenso strahlend gewesen war – heute, jetzt empfand er die Sonne.

Auch wenn das Neugeborene keine Kraft für das Leben hatte. Eine Geburt war Grund zur Freude.

Beschwingt ging er zur Kirche hinüber. In der Glockenstube erkannte er die sitzende Gestalt des Küsters. Christoph blieb stehen.

»He Mathias!«, rief er laut, doch der Küster bewegte sich nicht.

Mit zwei Fingern kratzte der breitschultrige Mann in dem wilden Bartgeflecht unter seinem Kinn. Ich werd mir den Bart abnehmen, beschloss er. Dieser Gedanke erfüllte ihn: Mit dem neuen Tag alles neu beginnen. Zielstrebig schritt er zwischen den Gräbern hinauf zum Eingangsportal.

Drei schmale Leitern führten von Absatz zu Absatz in dem Kirchturm nach oben. Die letzten Sprossen ragten durch die Luken der Glockenstube.

Mathias saß mit dem Rücken an einen der vier breiten Winkelbalken gelehnt, der Kopf war ihm auf die Brust gesunken. Er schlief. An seiner rechten Seite, griffbereit, lag das Gewehr.

Leise erklomm Christoph die letzten Sprossen, schlich zu dem Schlafenden und fasste seinen Arm. Mit einem Ruck fuhr der Küster auf.

»Still, Mathias, ich bin's.«

Verwirrt starrte der große Mann in das lächelnde Gesicht über ihm. »Als die Sonne aufging, hab ich mich schlafen gelegt«, murmelte er.

Christoph hockte sich neben ihn auf die ungehobelten Holzbohlen.

Hier oben in der nach allen Seiten offenen Glockenstube, ging ein leichter Wind.

»Es ist ein Junge.«

Stöhnend legte der Küster den Kopf an den Eckbalken und blickte zum Waldrand hinauf.

Lange saßen die Männer so schweigend beieinander.

Die ganze Nacht über war Mathias der Hüter von Eggebusch gewesen. Unbeweglich – und die Kälte hatte seine Gelenke versteift. Sie war mit seiner Verzweiflung eine Verbindung eingegangen und übrig war nur noch Einsamkeit. Totenwache.

Der Küster sah den Weißgerber an. »Gestern haben wir sie ins Grab gelegt – und heute ist ein Kind geboren. Was ist das für ein Gott?«

Und plötzlich begann er zu lachen. Er schrie sein Gelāchter vom Kirchturm. Erschrocken packte ihn der Weißgerber. »Hör auf, Mathias. Lass doch. Hör auf.«

Doch wie ein Damm brach, so lachte der Küster sein Unglück hinaus – erst als Tränen kamen, versickerte das Lachen in klagendes Schluchzen.

Christoph umarmte den verzweifelten Mann. Unaufhörlich zuckten die Schultern, bis die Muskeln erschlafften.

»Was ist das nur für ein Gott?« Ratlos schüttelte der Küster den Kopf. »Anne hat er geschlachtet. Und dir schenkt er einen Sohn.«

Christoph konnte nichts antworten. Er wusste keinen Trost. Die Sonne strahlte in die Glockenstube. Es war doch derselbe Tag – für den Küster wie für ihn.

Unten humpelte der Amtsdiener an der Linde vorbei und quer über den Marktplatz. Valentin, Elisabeth und Leonhard liefen um ihn herum. Veit hielt die Amtsglocke in der Hand, hochgereckt wie eine Fackel.

Sie erzählen es dem Dorf, dachte der Weißgerber.

Eine Geburt ist der Anfang. In diesem Jahr hatten einige Frauen geboren. Doch die meisten Kinder waren tot zur Welt gekommen.

Ausgezehrte Mütter, deren Kinder schon im Leib verhungerten.

Ein lebendes Kind bedeutete noch mehr Hunger. Aber nach dem Morden und Plündern dachte Christoph jetzt nur an die glückliche Geburt: Seine Frau war gesund, der Sohn nicht tot – heute war ein Grund zur Freude.

»David soll er heißen.«

Mathias Hobe nickte still.

»Du musst ihn taufen.«

Nachdenklich griff der Küster das Gewehr und wog es in der Hand. »Einmal hat er den Riesen besiegt.«

Christoph drängte. Doch Mathias bat ihn, noch eine Weile mit ihm hier oben zu sitzen, nur so lange, bis er wieder ganz ruhig war.

Zögernd stand Jockel vor dem geschlossenen Tor. Endlich strich er sein Haar aus dem Gesicht und schlug entschlossen mit der Faust gegen das Holz.

»Wer ist da?« Misstrauen lag in der Stimme des Dorfvogts. Schnell gab sich Jockel zu erkennen und wurde hereingelassen.

»Na, was gibt's?« Nur kurz blickte der Dorfvogt den Jungen an, dann schlurfte er zur Mitte des Hofes und striegelte seinen Gaul weiter.

Plötzlich fühlte Jockel wieder den Herzschlag. Wie oft war er schon abends hierher geschlichen? An der Scheunenwand entlang – da der Stall. Die Ziege rupfte Grasbüschel direkt neben dem Regenfass. Und die Küchentür stand weit offen. Aber es war Tag!

Wär ich doch nur nicht hergekommen, hämmerte es in seinem Kopf.

»He Jockel!« Der untersetzte Mann lachte. Wie ertappt schoss dem Fünfzehnjährigen das Blut ins Gesicht. Er zwang sich zu einem Grinsen und erzählte von David und dass heute Mittag getauft würde.

Mit beiden Armen stützte sich der Dorfvogt auf den Rücken des Pferdes. Immer wieder nickte er. »Es geht weiter, Jockel. Siehst du, es geht weiter mit Eggebusch.«

Verständnislos blinzelte der Sohn des Weißgerbers zu dem Mann hinüber. Doch der Dorfvogt hing seinen Gedanken nach. »Wir müssen nur durchhalten«, murmelte er. Schließlich wandte er den Kopf und rief seine Frau und die Tochter.

Katharina kam aus dem Haus gelaufen, sie stockte, als sie Jockel erkannte – nur einen Moment –, dann ging sie auf den Vater zu.

Hinter ihr blieb die Frau des Dorfvogts in der Türöffnung stehen. Sie begrüßte Jockel freundlich.

»Die Ursula hat einen Sohn bekommen!« In dem Gesicht des gedrungenen Mannes zuckte es. Eggebusch wird leben. Irgendwann brennt in jedem Haus wieder ein Feuer. Auf den Feldern blüht der Hafer. Unser Eggebusch!

Bewegt ging der Dorfvogt auf seine Frau zu. Er klammerte sich an seine Vorstellungen, redete und fand eine tiefe, unter dem Elend verborgene Begeisterung.

Nur langsam begriff ihn seine Frau, sie verstand plötzlich, dass es heute in Eggebusch Grund zur Freude gab. Sie strahlte ihrem Mann entgegen.

Mit beiden Händen streichelte Katharina über die weichen Nüstern des Gauls. Ihr kahl geschorener Kopf war sorgfältig unter dem Tuch verborgen. Hin und wieder blickte sie zu Jockel hinüber, kaum trafen sich die Augen, als beide sofort auf den Boden starrten.

Jockel stand wie angewurzelt, er fand sich dumm, wollte weggehen und doch bleiben. Endlich stammelte er: »Katharina.« Die großen Augen in dem blassen Gesicht erschreckten ihn, als sie jetzt fest bei ihm blieben. »Weißt du, die Taufe. Kommst du?«

Das Mädchen nickte und lächelte.

Hilflos ertrug Jockel noch einen Moment ihre Nähe, dann riss er sich los und verließ rasch den Hof.

Draußen beschimpfte er seine Unbeholfenheit, doch als er in die nächste Gasse abbog, pfiff er vergnügt vor sich hin. Katharina. Heute war ein schöner Tag.

Der Amtsdiener zog mit den Kleinen von Tür zu Tür. Kaum ertönte die Glocke, als die Bewohner angstvoll auf die Gasse stürzten, bereit für neues Unheil.

Veit grinste. »Gute Nachricht!«, rief er und freute sich darüber, wie langsam die Leute von Eggebusch begriffen, dass heute die Glocke nicht warnte oder die Toten abholte.

»Wir haben einen Bruder bekommen!«, triumphierten Elisabeth, Valentin und Leonhard im Chor.

Noch nie war die Geburt eines Kindes im Dorf so verbreitet worden, aber Veit hatte sich von der kindlichen Begeisterung der Kleinen auch anstecken lassen.

Warum auch nicht?, dachte er. Heute ist ein schöner Tag.

Es war nur dieses »Gute Nachricht«, das sich in den Menschen festsetzte und verkümmerte Blüten des Lächelns in die abgezehrten Gesichter zauberte. Das Neugeborene bedeutete wenig.

Gute Nachricht – diese beiden Worte allein genügten, um die Sehnsucht nach Freude zu wecken.

Jeder, der sie gehört hatte, verließ seine Behausung, traf Nachbarn in den Gassen und lachte den anderen auf dem Marktplatz zu.

Oben vom Glockenfenster aus beobachteten Christoph und Mathias ungläubig die Gruppen, die sich zuwinkten und gemeinsam in Richtung der Gerberei gingen.

»Sie wollen zur Taufe«, begriff der Küster endlich. Gefasst ging er zur Leiter. »Komm, Christoph. Wir taufen den David.«

Der Weißgerber wartete, bis der große Mann den ersten Zwischenboden erreicht hatte.

Ein schöner Tag, ging es ihm wieder durch den Kopf. Dann begann er selbst mit dem Abstieg.

»Nur noch Martha«, brummelte Veit zufrieden vor sich hin. Seine kleinen Begleiter waren zurückgeblieben. Sie hatten Spielgefährten gefunden – ihnen konnten sie endlich stolz und ausführlich von dem neuen Bruder berichten.

Rasch humpelte der Amtsdiener allein über das Pflaster der engen Straßen, vorbei an den eingestürzten Hütten. Schließlich gelangte er zu der abgelegenen Gasse, in der Martha mit ihrer kleinen Tochter wohnte.

Ein Geruch erschreckte ihn. Ungläubig rieb er sich über die Narben in seinem Gesicht: Nein, keine Täuschung. Es roch deutlich nach gebratenem Fleisch. Mit jäher Wucht überfiel ihn der Hunger wie ein scharfes Gift und wühlte in seinem Magen.

Braten! Bis zu der wieder notdürftig zusammengenagelten Haustür sog Veit immer wieder gierig diesen unwirklichen Duft in sich hinein. Benommen schlug er die Amtsglocke. »Martha«, keuchte er.

Es dauerte zu lange. »Martha!«

Endlich quietschte die Tür und öffnete sich einen Spalt.

»Verschwinde!«

Haarsträhnen klebten in dem schweißnassen Gesicht. Diese Augen! Bestürzt wich Veit dem gefährlichen Blick aus. »Nur ein Stück . . .«, stammelte er.

»Mir gehört er.« Marthas Stimme fauchte. »Das war

mein Hase!« Wachsam zog sich die hagere Frau zur Tür zurück.

»Wo hast du den her?« Veit schüttelte fassungslos den Kopf. Es gab keine Hasen mehr. In der ganzen Gegend nicht. Aber dieser Duft! Vielleicht hat sie noch nicht alles gegessen? Nur ein Stück – mehr will ich ja nicht.

Veit stierte zur Tür. Wenn ich noch Soldat wär – der Gedanke flackerte auf und verlosch. Ich muss sie weglocken, ich muss. »Die Ursula hat ein Kind bekommen. Alle warten auf dich. Gleich ist die Taufe.«

Höhnisch lachte Martha und schüttelte wild den Kopf. »Du legst mich nicht rein. Ihr alle nicht!«, schrie sie und stieß die scharfe Schneide der Axt in den Türholm. »Verschwinde! Wagt euch nicht mehr her! Mein Fleisch!«

Plötzlich presste sie ihre Stirn an den hölzernen Schaft und wimmerte. »Das war mein Fleisch. Ich hab doch so lange nichts mehr gegessen.«

Veit erkannte seine Chance. Schnell machte er einen Schritt auf die Frau zu.

Doch sofort packte Martha die Waffe und schwang sie hoch. »Ich schlag dir den Schädel ein!« In ihren Augen loderte mehr als nur die Entschlossenheit zu töten – Angst, Verzweiflung und Hass wirrten durcheinander.

Veit gab auf. Mit gesenktem Kopf verließ er die enge Gasse, das steife Bein zog er bei jedem Schritt schleppend nach. »Bestimmt hat sie schon alles gefressen«, beruhigte er sich.

Der qualvolle Geruch begleitete ihn noch ein Stück, wurde schwächer und verlor sich in den unbewohnten Hütten.

Erst auf dem Marktplatz wagte der Amtsdiener, wieder

tief einzuatmen. Er beschloss, niemandem von dem Hasen zu erzählen. Jetzt war es ohnehin zu spät.

Wie zur Bekräftigung hob er die Amtsglocke und ließ den Klöppel hart in dem Kelch hin- und herschlagen.

Taufe und Hasenbraten! Veit grinste lahm. Was für eine gute Nachricht. Mit ausholendem Schwung setzte er das lahme Bein nach vorn und beeilte sich, nicht zu spät zu kommen. –

Schwer atmend stieg der Totengräber durch die Luke. Vorsichtig setzte er seinen Hund auf den Boden der Glockenstube, dann wischte er sich mit dem Tuch über die glatte Kopfhaut.

Er schloss die Augen. Diese Höhe war so ungewohnt. »Hier oben gefällt es uns«, versicherte er laut, mehr um sich selbst zu überzeugen. Langsam öffnete er wieder die Lider, stützte sich zur Sicherheit mit der Schulter an einen der Winkelbalken und wagte hinunterzusehen – auf seinen Friedhof, den Marktplatz, auf die Dächer von Eggebusch.

Von hier oben wirkten die Menschen dort drüben im Hof der Gerberei so klein, so wenig.

»Sie taufen den David.« Gerührt seufzte der Totengräber. Heute war ein Tag! Noch vor einer Stunde hatten der Küster und der Weißgerber, ja, beide hatten an seine Tür geklopft und ihn zur Taufe eingeladen!

»Du gehörst doch zu uns.« Leise wiederholte der alte Mann diesen Satz. Jedes Wort pflanzte sich in seine jahrelange Einsamkeit.

Er hatte schon an der Gassenecke gestanden – aufgeregt und voller Freude, doch dann war er umgekehrt. Nicht traurig, nein. Der Küster und der Gerber waren ja zu ihm gekommen, hatten ihn eingeladen!

Langsam beugte sich der Glatzköpfige zu seinem Spitz, der ihn aufmerksam betrachtete.

»Aber ein Totengräber ist nichts für eine Taufe«, erklärte er dem Hund ernst. »Das bringt Unglück für das Kind.«

Mit einer Hand kraulte er liebevoll in dem struppigen Fell.

»Wir gehören zu ihnen.« Die neue Wärme dehnte sich in seiner Brust.

Vom Hof der Gerberei drang ein Lied herauf. Beinahe erschrocken lauschte der Totengräber auf diesen fremden, fröhlichen Klang.

»Hörst du, Weibchen, wie sie singen?«

Erst nach einer Weile griff er das Gewehr vom Boden und spähte zu den Hügeln im Osten hinüber. Während der Feier wollte er für die Menschen in Eggebusch Wache halten.

Christoph Markart brachte den wimmernden David zu seiner Frau und legte ihn behutsam neben sie auf das Lager. Die vielen Besucher hatten Ursula überrascht. Sie war zu geschwächt, um schon aufzustehen. So hatte Jockel ihr die Heusäcke vor der Hüttentür ausgebreitet.

Die Taufe war zu Ende, doch niemand wollte nach Hause gehen. Erwartung stand in den Gesichtern der Menschen, sie alle blickten hoffnungsvoll auf die große Gestalt des Küsters. Das Gefühl der Gemeinschaft hielt sie fest: Weiter. Nicht aufhören. Ratlos hob Mathias die Achseln. Die Taufe war vorbei.

Das Miteinander, diese dünne Decke des Glücks der vergangenen Stunden, wurde spröde, Risse zeigten sich und – das Elend der Wirklichkeit begann die Freude, diese gute Nachricht und den schönen Tag zu verschlingen.

Plötzlich entschlossen ging der Dorfvogt zu Ursula hinüber. »Gib mir den Jungen!«, sagte er hastig, griff nach dem Kind und hielt es mit beiden Händen über seinen Kopf. So wandte er sich zu den Schweigenden um. »Wir feiern ein Fest. Ein Fest für den kleinen David!«

Der gedrungene Mann lachte. Seine Hoffnung sprang in die Herzen der Menschen über. Ein Fest! Schnell wuchs dieser Gedanke und besiegte die zurückkehrende Angst.

»Ja, wir feiern!«

Tanz, Musik – zaghaft gewannen diese ungewohnten Worte wieder Bedeutung. Dann riefen alle durcheinander.

Ein Fest! Die Kinder rannten herum, kletterten auf die niedrige Mauer, jubelten und klatschten in die Hände.

»Morgen, morgen feiern wir!«, schrie der Dorfvogt. »Tragt alles zusammen, was ihr noch habt!« Strahlend legte er den kleinen David wieder zurück auf das Lager.

Morgen – die neue Freude hatte eine Zukunft. Sie reichte schon bis zum nächsten Tag.

»Wenn die Soldaten heute kommen?« Elsa Hobe hatte nicht laut gesprochen.

Jäh verstummte das Pläneschmieden. Erschreckt starrten alle auf die Frau des Küsters. Ihr Gesicht war vom Kummer versteinert, die Begeisterung hatte sie nicht erreicht.

Soldaten.

In die Stille schlug Veit seine Amtsglocke. »Ich geh noch heut zum Fluss«, verkündete er. »Ich hör mich im Lager um. Da kenn ich mich aus.«

Die Narbe in seinem Gesicht glühte rot – er dachte an Martha und den Hasen. »Zwei sollten mitgehen. Vielleicht erwisch ich was für unser Fest bei den Soldaten.«

Die Spannung löste sich. Nein, so schnell kamen die

Söldner nicht wieder – weder heute noch morgen. Das Fest war nicht in Gefahr – und Veit wird ins Lager gehen, nur zur Sicherheit! –

Jockel verließ den Platz, von dem aus er Katharina unverwandt angesehen hatte. Jetzt schob er sich durch die Gruppen, die langsam auf die Gasse drängten.

Neben der Werkstatt entdeckte er Tobias und Maria, sie hatten sich an den Händen gefasst. Als Jockel plötzlich grinsend zu ihnen trat, zog der Sohn des Küsters schnell seine Hand zurück.

»Gehst du mit zum Lager, Tobias?«

Ohne zu zögern, nickte der schmächtige Junge. Er wollte die Mörder seiner Schwester ansehen. Die ganze Nacht über war er Soldat gewesen. Während seine Mutter neben ihm weinte, hatte er mit blitzendem Säbel Hunderte von Soldaten in Stücke gehauen. Ja – er wollte sie sehen.

Maria blickte besorgt den Freund und Jockel an, aber sie schwieg. Ohne Abschied lief sie zur Mutter und zu David zurück.

In großen Schritten durchquerte Veit mit den beiden Jungen die Felder und Talwiesen. Für den weiten Weg trugen sie aus festem Hanf geflochtene Sandalen an den Füßen.

Sie waren nicht dem Fahrweg gefolgt. Mühelos humpelte Veit voran. »Als Soldat bin ich marschiert, tagelang. Als Soldat . . .«

Und er erzählte von seiner Uniform, von seinen Schlachten, von seinen Siegen! Die späte Nachmittagssonne wärmte die Buckel der Hügel im Osten.

Als die drei endlich die letzte Anhöhe vor dem Fluss hinaufstiegen, leuchtete dem Amtsdiener wieder die Macht aus den Augen, die er schon lange verloren hatte. Oben auf der Kuppe blieben sie abrupt stehen.

Breit dehnte sich das Lager und zog sich bis zu den Ufersträuchern des Flusses: Spitze Zelte, dicht an dicht, umstanden das Viereck eines großen Platzes. Die Fahnen und Wimpel leuchteten in der Abendsonne. Eckige Großzelte – Wagen mit rund gespannten Planen erweiterten das Lager. Und überall das blasse Bunt der Uniformen.

»Keine Kanonen«, murmelte Veit.

Östlich – etwas abgelegen, die Unterkünfte des Trosses: nur an Stöcken befestigte Leinentücher. Frauen und Kinder liefen geschäftig zu den Zelten – zum Wasser.

»Keine große Armee. Reiter und Landsknechte!« Die Stimme des Amtsdieners brummte abfällig.

Westlich – zu den Hügeln hin, grasten die Pferde. Ihre Koppel erstreckte sich bis zu den Uferbüschen, wurde von den eckigen Großzelten begrenzt und war an den offenen Seiten mit Stricken abgezäunt.

Weit aus der Ebene marschierten neue Fußtruppen auf das Lager zu. Vor ihnen war die Straße bevölkert mit zerlumpten Menschen, wackeligen Karren, Pferdewagen – und wieder zerlumpten Gestalten.

»Seht ihr?« Veit streckte den Arm aus. »Da – die großen Zelte neben den Planwagen. Da muss ich hin. Wenn sie Vorräte haben, dann liegen sie da.«

Wie ein Feldherr schwenkte er den Arm zum Fluss hinüber und plante seine Schlacht: Jockel und Tobias sollten sich zwischen den Weidesträuchern an der Koppel vorbei bis dicht an die großen Zelte heranschieben.

»Dort wartet ihr auf mich. Verliert eure Säcke nicht«, mahnte Veit. Sobald er etwas aufgetrieben hätte, wollte er die Schätze einfach in die Sträucher werfen, umkehren und wiederkommen.

»Und ihr sammelt alles ein.« Berauscht von der Vorstellung, rieb er seine Hände. »Einen Schinken – ein Huhn.« Genussvoll dehnte er die Worte und zog langsam eine goldene Uhrkette aus seinem Kittel, ließ sie hin- und herschwingen. »Noch einen Schinken – noch ein Huhn.«

Kichernd humpelte er los, den Abhang zum Lager hinunter.

Jockel und Tobias staunten dem Lahmen nach. Noch nie hatten sie den Amtsdiener so erlebt.

»Er geht wirklich zu den Soldaten«, flüsterte Tobias. »Er hat keine Angst.«

Jockel stieß den Atem zischend durch die Zähne. »Ich glaub, wenn du mal Soldat warst, dann hast du nie mehr Angst.«

Mit einem Mal sehnte er sich danach, so wie die Männer da unten zu sein, eine Uniform, Waffen – und keine Angst mehr zu haben.

Warte doch, Anne, überlegte Tobias und sah sich, zum Lager hinunterrennen. Die lodernde Fackel stieß er in eine Pulverspur. Eilig lief die Flamme zwischen den Zelten hindurch und sprang in das riesige Fass. Ein greller Blitz. In dem Knall wirbelten die zerrissenen Leiber.

»He!« Jockel schlug dem Freund spielerisch die Faust vor die Brust.

Tobias schreckte auf.

»Wir müssen uns beeilen.« Der Sohn des Weißgerbers

versuchte, wie Veit zu kichern. »Noch einen Schinken - noch ein Huhn!«

Jetzt lachte auch Tobias. Schließlich huschten beide gebückt zum Fluss hinunter. –

Die an Kampf und Lärm gewohnten Pferde fraßen weiter. Sie ließen sich nicht von den beiden Gestalten beunruhigen, die im Schutz der Uferstraücher an der Koppel entlang bis in die Nähe der ersten Großzelte krochen.

Blätter und Äste boten ein gutes Versteck. Von hier aus konnten Jockel und Tobias zwischen den Zelten hindurch ein breites Stück der Lagergasse und die angrenzenden Zelte beobachten. Der Sohn des Weißgerbers stieß seinen Freund an und zeigte auf einen großen Planwagen, der halb sichtbar in der Gasse stand. »Veit hat recht gehabt. Da sind die Vorratszelte.«

Männer in abgerissenen, schmutzigen Uniformen schleppten Säcke durch das Blickfeld der Jungen – andere trugen kleine, prall gefüllte Lederschläuche vorbei. Kurz darauf rollte der Wagen an und verschwand hinter den Zelten in der Lagergasse.

Verwahrloste Söldner, Frauen in Lumpen, ausgemergelte Männer, die sich auf Krücken stützten, Kinder, hin und wieder ein Karren – nur diesen Ausschnitt, mehr erspähten die beiden Jungen von dem Lager nicht.

Wo blieb Veit?

Die Sonne tauchte hinter die Hügel und die buckligen Schatten wuchsen über das Lager hinweg.

Ein kurzer Pfiff. Suchend humpelte der Amtsdiener zwischen den Weidesträuchern umher.

Lautlos schob Jockel seinen Kopf durch die Äste. »Hier«, raunte er. Veit fuhr zusammen. »Wo, verdammt?« Er fand den richtigen Busch nicht gleich, doch als er die hellen Haare in dem Gewirr der Blätter entdeckt hatte, kicherte er wieder. Triumphierend brachte er seine Beute zu dem Versteck. »Ich hab getauscht, wie in alten Zeiten.«

Jockel sah das Leuchten der Augen, während er den Lederschlauch und den in ein feuchtes Tuch eingewickelten Klumpen entgegennahm.

»Wein und Käse aus dem Vorrat des Hauptmanns – und alles nur gegen die Uhrkette.« Für den Amtsdiener war es ein großer Sieg.

»Lass uns verschwinden«, drängte Jockel.

Doch der Lahme winkte ab. »Nein. Ich hol noch was. Wir treffen uns oben auf dem Hügel.«

Ohne abzuwarten, humpelte er zum Lager zurück, den Kopf hochgereckt, mit der linken Hand unterstützte er den Schwung seines steifen Beines.

Die beiden Freunde folgten mit den Augen furchtsam der Gestalt, bis sie zwischen den Zelten verschwunden war. »Er kennt die Soldaten«, versicherte Jockel. »Er weiß schon, wie man's macht.«

Und Tobias nickte ungläubig.

Schweigend hockten die beiden in ihrem Versteck. Sie lauschten den Geräuschen, die bis zu ihnen herüberdrangen: Stimmen, Geklirr, Pferdewiehern und Gelächter – gleichmäßig wie das Glucksen des Wassers vom Ufer her.

Jockel und Tobias warteten auf das Unglück und wünschten, dass es niemals kam. Wie verloren war doch ein Versteck!

Dann brüllten Flüche von dem Großzelt her. Für einen Moment stockten die Lagergeräusche.

Verzweifelt ballte Tobias die Fäuste.

Jetzt setzte der Lärm unerbittlich ein. Befehle schallten, Soldaten rannten hinzu und über alles zog sich der anhaltende Schmerzensschrei eines Mannes.

Zwei Wachen schleiften Veit über die Lagergasse – vorbei an den entsetzten Blicken der Jungen.

In hilfloser Wut zerrte Jockel an einem Stamm des Weidenbusches, doch er konnte ihn nicht abbrechen.

Noch während der Lärm in die Mitte des Lagers hinüberquoll, nahmen Tobias und der Sohn des Weißgerbers die Beute auf, verließen ihr Versteck und schlichen in der Deckung der Ufersträucher zurück.

Seit mehr als einer Stunde kauerten die beiden Freunde bei einem der großen Steinbrocken oben auf dem lang gestreckten Rücken des Hügels.

Der Abend verwandelte die Flussebene unaufhaltsam in ein dunkles, gähnendes Loch. Im Lager flackerten die Feuer wie Irrlichter.

Bis zum Morgengrauen wollten Jockel und Tobias aushalten. Vielleicht kehrte der Amtsdiener zurück, vielleicht entwischte er den Wachen.

Vielleicht – so schwach, doch ein einziger Keim der Hoffnung.

Mit der Spitze seiner geflochtenen Sandale berührte Jockel den Sack, in den Tobias die Käsekugel gestopft hatte. Erst stieß er wie zufällig gegen die feste Ausbeulung, dann fuhr er langsam die Rundung ab – vom Boden hinauf – oben ließ er die Sohle einen Augenblick ausruhen – und auf der anderen Seite wieder hinunter.

Käse – so groß und dick wie ein Kopf? Jockel öffnete leicht den Mund und andächtig spazierte seine Sandale den gleichen Weg zurück.

Gebannt hatte Tobias zugeschaut. Plötzlich sprang er auf und stürzte sich auf den Sack. Seine Hände wühlten hinein, packten die Kostbarkeit und hoben sie hinaus. Jockel kniete schon neben ihm, das Messer in der rechten Hand. Doch sie hatten keine Zeit mehr, Stücke zu schneiden. Ausgehungert bissen sie hinein, rissen sich Brocken heraus, vergaßen alles, feierten schon das Fest!

Als der wütende Hunger nachließ, wickelte Tobias den faustgroßen Rest in das feuchte Tuch und legte ihn zurück in den Sack.

Unten im Lager versammelten sich zuckende Lichter an einer dunklen Stelle zwischen den Feuern. »Da, Tobias!« Jockel lief nach vorn, um besser sehen zu können, der Freund hetzte hinter ihm her.

Geschlossen bewegten sich die Lichtpunkte langsam von dem Lagerfeuer weg. »Sie reiten los. Nach Eggebusch«, stammelte der Sohn des Küsters. Vorbei war das kurze Fest. Er sah die Fackeln, hörte das Gelächter: Sie zerrten Anne aus der Brautkiste!

»Nein, Tobias!« Mit ausgestrecktem Arm zeigte Jockel ins Tal. Der Trupp wandte sich nach Osten, weiter in die dunkle Ebene hinein – wurde schneller und die Lichter zogen sich zu einer brennenden Kette auseinander.

Erleichtert umarmte Jockel den schmächtigen Freund. Er drückte ihn fest an seine Brust. Zärtlich spürte er, wie die schmalen Schultern sich entspannten. Und mit einem Mal dachte er an Katharina. Verlegen ließ er die Arme sinken und grinste Tobias an. Unbefangen lachte der Freund zurück.

Jockel blickte auf den Boden. Um sich von Katharina abzulenken, fragte er gedehnt: »Liebst du sie?«

Tobias verstand nicht.

»Ich mein die Maria«, setzte der Fünfzehnjährige hinzu. Daran hatte der Sohn des Küsters noch gar nicht gedacht. Maria war zu ihm gekommen, als er vor Annes Grab stand. Sie hatte ihn getröstet, ihn warm gehalten. Es war so, als gehörten sie schon lange zusammen. »Ja«, sagte Tobias ruhig.

Beide schwiegen jetzt, jeder in seiner Sehnsucht versunken.

Das erste schwache Rufen mischte sich noch mit den Geräuschen der Nacht. Dann drang der Ruf bis zur Höhe. Hellwach horchten die beiden Jungen.

»Verdammt, wo seid ihr?«

Veit! Sie rannten los.

Mit den Händen griff er in die Graswurzeln, zog das rechte Knie unter dem Leib bis zur Brust hoch, stemmte den Körper weiter und tastete wieder mit den Fingern nach neuem Halt. So schob sich der Amtsdiener den Hügel hinauf. »Verdammt, wo seid ihr?«, fluchte er keuchend.

Sie hatten ihm die Beinkleider heruntergerissen, in zwei langen Schnitten sein steifes Bein vom Schenkel über das Knie bis zum Fuß aufgeschlitzt – als kaum Blut herausquoll, ritzten sie mit der Dolchspitze die Narben in seinem Gesicht wieder auf. Grölend hatten sie ihm als Höhepunkt einen Stock von hinten in die Gedärme gestoßen und ihn wegkriechen lassen.

Endlich fanden die beiden den Verletzten.

»Da bin ich«, versuchte er zu scherzen, sank zur Seite und blieb erschöpft liegen.

Im blassen Nachtlicht erkannten Tobias und Jockel nur, dass der Amtsdiener vom Gürtel an nackt war. Sie berührten mit den Fingern die schwarzen Bahnen an seinem lahmen Bein, das schwarze Gesicht. »Blut«, murmelte Tobias.

Mit einem lauten Stöhnen wälzte sich Veit herum. Fluchend versuchte er weiterzukriechen. Sofort packten die beiden Jungen seine Achseln, richteten den schweren Körper gemeinsam auf und hielten ihn.

»Zu Hause hab ich noch die alte Krücke«, knurrte der Amtsdiener. »Die brauch ich jetzt wieder.«

»Wir helfen dir.« Jockel legte den linken Arm über seine Schulter. »Tobias und ich wechseln uns ab. So schaffen wir's.«

In kurzen Sprüngen hüpfte Veit verbissen neben dem Jungen her – ohne Pause, bis sie den Felsbrocken auf der Höhe erreicht hatten. Hier ruhten sie das erste Mal.

Der Amtsdiener setzte sich nicht. »Ich war lang genug im Dreck.« Und aufrecht lehnte er seinen Rücken an den Stein.

»Habt ihr den Käse ganz gefressen?«, fragte er, ohne auf den Sack zu sehen.

Schuldbewusst wollten die beiden Jungen ihren Hunger erklären, aber der Alte unterbrach sie knapp und Tobias musste ihm den Rest bringen.

Der Rückmarsch über den Fahrweg quälte sich durch die Nachtstunden. Wenn Jockel den Verletzten stützte, trug Tobias den weingefüllten Lederschlauch. Sie wechselten sich ab.

Veit keuchte im Rhythmus seiner Sprünge. Oft boten die Jungen ihm an auszuruhen, doch der Amtsdiener wehrte ab. »Monatelang bin ich damals unterwegs gewesen. Alles auf dem einen Bein und mit der Krücke.«

Und später erklärte er: »Im Lager haben sie ihren Spaß mit mir gemacht. Aber sie haben mich nicht . . .«

Er stockte, dann begann er neu: »Jawohl, ich bin zäh.«

Beim Morgengrauen erschraken die Jungen vor seinem blutverkrusteten Gesicht, wagten aber nicht, nach den Schmerzen zu fragen.

Der Weißgerber erkannte vom Kirchturm aus die drei Gestalten, die sich den Fahrweg entlang auf Eggebusch zuschleppten. Hastig verließ er die Glockenstube und weckte kurz darauf, wie verabredet, die Mutter von Tobias, den Küster und Maria.

Veit und die Jungen sind zurück. Wir feiern unser Fest! Diese Nachricht eilte durch die Hütten und begrüßte den Morgen in Eggebusch.

Warm eingebettet, schlief der kleine David neben dem Herd.

Ursula saß dicht bei ihm und wiegte nachdenklich zwei Schuhe auf den Knien.

»Wie weich sie sind.« Mit dem Handballen strich sie zart über die geschickt zusammengenähten Lederstücke. Sie erinnerte sich wehmütig an den alten Spruch der Großmutter: Wenn eine Frau aus dem Kindbett aufsteht, soll sie neue Schuhe tragen. Dann wird das Kind nicht fallen, wenn es laufen kann.

Früher hatte das gegerbte Leder nur für Hirse, Eier oder für neues Saatkorn gereicht – mehr hatte die Not nicht erlaubt.

Doch heute gab es nichts mehr, was man eintauschen konnte.

Zärtlich drückte Ursula die Schuhe an ihre Wangen.

»Damit der David nicht fällt«, so hatte Christoph sie heute Morgen geweckt. In jeder seiner breiten Hände hielt er einen der Schuhe. »Und das Leder war noch in der Werkstatt«, fügte er verlegen hinzu.

Müde von der Wache war er dann zur Schlafstatt hinübergegangen. Ein paar Stunden wollte er ausruhen, bis das Fest begann. –

Mit der flachen Milchschale in der Hand blieb Maria bei der geöffneten Tür stehen. Verwundert betrachtete sie ihre Mutter, die sich mit den Schuhen das Gesicht streichelte.

Sie träumt, dachte Maria. Und unvermittelt liefen ihre eigenen Gedanken wieder hinaus auf den Fahrweg, dem Sohn des Küsters entgegen. In der Nacht hatte sie solche Angst um Tobias gehabt. Und endlich – diese weite Welle der Erleichterung: Nichts war ihm zugestoßen.

Jetzt schläft er. Glücklich seufzte sie.

Mit leichten Schritten ging Maria auf das Lager zu. »Mutter!«, rief sie verhalten.

Erschreckt nahm Ursula die Schuhe herunter.

»Ich bringe Milch für den David«, setzte das Mädchen schnell hinzu.

Beide kehrten aus ihren Gedanken zurück in die Wohnhütte. Verschämt setzte die Frau des Weißgerbers ihr Geschenk auf den Hocker. »Zu dem Fest trag ich sie. Sonst sind sie viel zu weich, um damit herumzulaufen. Wenn es kalt wird, werd ich sie im Bett anziehen.«

Zustimmend nickte Maria. Mutter und Tochter verstanden sich. Bevor sich Ursula zu dem Neugeborenen beugte, löste sie die oberen Schleifen ihres Kittels. Behutsam hob sie David aus der weichen Mulde des Heusacks und legte den Jungen an ihre Brust. Aber seine Lippen rührten sich nicht. David hatte die Lider geschlossen und atmete kaum.

»Er ist sehr schwach.« Ursula schüttelte unmerklich den Kopf.

Mit der Holzkelle schöpfte Maria etwas warmes Wasser

aus dem Eisentiegel. Sie verdünnte die Ziegenmilch und trug die Schale zu den beiden hinüber.

»Er weiß nichts mit meiner Brust anzufangen.« Bekümmert blickte die Mutter zu Maria auf – dann lächelte sie. »Du hast schon am ersten Tag wütend geschrien, weil ich noch keine Milch für dich hatte.«

»Und nachher?« Die Augen der Tochter leuchteten.

Ursula wiegte den kleinen David auf dem Arm. »Ja, nachher . . .«

Sie ließ der Erinnerung Zeit für einen Seufzer. »Für keinen von euch hatte ich wirklich genug – aber ihr habt es geschafft zu leben.«

Entschlossen setzte sich Maria neben die Mutter auf das Lager und reichte ihr die flache Schale.

Während Ursula ihren Finger in die Milch tauchte und den Tropfen in den leicht geöffneten kleinen Mund strich, fragte das Mädchen: »Wie ist das, wenn man liebt?«

Ursula hielt inne. Wie lange hatte sie schon nicht mehr darüber nachgedacht!

Von ihrem Vater war sie mit sechzehn Jahren verheiratet worden. Die Hochzeit war ein schönes Fest! Obwohl damals die Soldaten gerade zwei Monate vorher in Eggebusch geplündert hatten, war die Hochzeit ein schönes Fest gewesen: die Nachbarn, ein Blumenkranz, Salz und Brot – am Abend kam sogar ein fahrender Spielmann, der im Wirtshaus für ein paar Tage sich einen Zehrpfennig verdiente.

Während Christoph am nächsten Morgen zusammen mit dem alten Weißgerber die Kuh, das Heiratsgut, zu den drei Ziegen in den Stall brachte, hatte sie in dem rückwärtigen Teil der Wohnhütte ihre Brautkiste geöffnet.

Lieben? Wieder tropfte Ursula etwas von der Milch in den winzigen Mund.

Maria sah ihre Mutter unverwandt an. »Sag doch.« Sie musste es wissen, gerade heute.

»Weißt du«, versuchte Ursula zu erklären, »wir haben viel gearbeitet. Jedes Jahr kamen die Soldaten. Oft zerstörten sie alles – und wir mussten es wieder aufbauen. Es war immer Krieg. Und bald jedes Jahr hab ich ein Kind geboren.«

Mehr wusste die abgezehrte Frau nicht zu sagen. Doch dann sah sie in die ratlos enttäuschten Augen ihrer Tochter, die sich nach einer anderen Antwort sehnten.

Ursula blickte auf die schmalen Schuhe – und lächelte. Christoph gehörte zu ihr – und manchmal, manchmal war sie froh gewesen.

»Man gehört zusammen.«

Dankbar schlang Maria ihre Arme um die Mutter und drückte sie vorsichtig.

Noch einmal versuchte Ursula, dem Jungen etwas von der Ziegenmilch einzuflößen. Teilnahmslos lag er in ihrem Arm, die Zunge bewegte sich nicht.

»Wo sollst du all die Kraft hernehmen, mein kleiner David?«

Auf dem Marktplatz gehörte der Vormittag dem Dorfvogt. Er plante und dirigierte, schimpfte und lobte.

Bereitwillig folgten die Leute von Eggebusch seinen Anordnungen. In ihrer Freude auf das Fest hatten sie eine neue Gemeinsamkeit gefunden. Doch dieses schwache Hoffen brauchte noch so sehr den stützenden Halt.

Einige schleppten Holzklötze, Hocker und Tische aus den Häusern und stellten sie um den mächtigen Fuß der

Linde. Andere suchten in den eingestürzten Hütten nach losen Balken und Brettern. Empört pfiffen die Ratten, als sie in ihrem Reich gestört wurden.

Auf dem Marktplatz wuchs rasch ein Holzstoß und zuletzt lehnten die Männer lange Balken zu einem spitzen Dach zusammen.

»Das wird unser Freudenfeuer!«, strahlte der Dorfvogt. Einen Augenblick lang starrten die Menschen verblüfft auf das hohe Holzzelt.

Freudenfeuer? Sie saugten das Wort in sich hinein. Freudenfeuer? Natürlich, wir feiern unser Fest!

Um Tobias nicht aufzuwecken, saßen Mathias und seine Frau draußen vor ihrem schmalen Haus. Der Lehm zwischen den Steinen war längst herausgebröckelt, wie gezackte, blutleere Adern zogen sich die tiefen Fugen durch das Mauerwerk. Mathias presste die Hände fest zusammen. »Aber es muss doch weitergehen.«

Heftig schüttelte Elsa den Kopf. »Ich kann nicht.«

Viel zu tief hatte Annes Tod die Mutter verwundet. Sie begriff ihren Mann nicht. All das Plündern, Brennen – den verzweifelten Hunger in den vergangenen Jahren hatte sie gemeinsam mit den Kindern und Mathias durchlitten. Immer war der Tod an ihnen vorbeigegangen!

Für dieses Glück hatte sie nach jedem Überfall ihrem Gott gedankt. Ihre ganze Kraft war das Vertrauen gewesen, dass ihre Kinder – dass die Familie verschont würde. Doch vor drei Tagen hatte der Krieg allen Mut in ihr zerrissen.

»Lass uns zu den anderen gehen. Vielleicht können wir für ein paar Stunden vergessen.« Mathias versuchte, es sich selbst unaufhörlich einzureden: Vielleicht kann ich vergessen.

Leer starrte Elsa Hobe vor sich hin: »Vergessen ist Sünde.«

In großer Angst packte Mathias sie an den Schultern. Seine geliebte Anne war tot: Was ihm aber blieb, waren doch Elsa und Tobias!

»Es muss weitergehen!«, schrie er auf und schüttelte seine Frau verzweifelt – dann ließ er die Hände kraftlos sinken.

Nach langem Schweigen stand Elsa abrupt auf. Mit unbeweglichem Gesicht sagte sie: »Ich werde schlafen. Ich werde aufstehen. Jeden Abend. Jeden Morgen.«

Ihre Augen blieben tot.

Johlend verließen die zwölf Kinder das Dorf. Sie rannten, stolperten und hüpften über den Acker. Ihr Geschrei scheuchte die Raben hoch und vertrieb sie bis hinauf zum Waldrand.

»Ein Fest!«, krähte Leonhard, als sie den Wiesenhang erreichten, und kugelte sich ins Gras. Von den Kleinen wusste niemand so genau, was ein Fest war. Sie hatten nur die Freude begriffen, die in allen Gesichtern stand. Schnell verteilten sie sich über den Hügel.

»Ein Fest!« Wie ein Signal riefen sie es sich zu – und pflückten Oktoberblumen.

Der Dorfvogt hatte erlöst den kleinen Plagegeistern nachgeschaut. In der vergangenen Stunde, während er nur rasch seinen Pferdekarren holte, waren sie ausgelassen zwischen den Hockern, unter den Tischen und vor den Beinen ihrer beschäftigten Mütter herumgekrochen. Sie hatten Krüge, Becher und Schüsseln mit Erde gefüllt – und Steine auf die abgesteckte, sorgfältig gefegte Tanzfläche geworfen!

Dem Dorfvogt hatten Augen und Hände gefehlt, um alles gleichzeitig retten und verhindern zu können.

Kurz vor einem ohnmächtigen Wutgebrüll waren ihm die Blumen eingefallen. Zu einem richtigen Fest gehörten auch Blumen!

Voller Wichtigkeit hatten die Kleinen den Auftrag entgegengenommen und waren endlich, endlich davongerannt!

Jetzt glitten seine Augen zufrieden über die wiederhergestellte Ordnung.

Der strahlende Sonntag brach sich in den Blättern der Linde. Ihre vielen Schattenflecken bewegten sich voller Unruhe auf den hell gescheuerten Tischen. Von den unteren Ästen hingen schmale Streifen – aus Lumpen gerissene Leinenfetzen.

»Bänder.« Versonnen ruhte der untersetzte Mann in dem leichten Hin und Her der grauen Streifen: Früher kam das Elend zwar und blieb lange Wochen – aber sobald es wieder ging, haben wir weiter unter der Linde unsere Feste gefeiert. Zu Pfingsten, nach dem Flurritt, der Kirchweih und nach der Ernte. Aber seit das Elend sich ganz in Eggebusch eingenistet hatte, um das Leben langsam zu erwürgen – seit dieser Zeit hingen keine Festbänder mehr von den Zweigen der Linde.

»Bis heute.« Fest rieb sich der gedrungene Mann mit der Hand über den Nacken.

»Heute feiern wir in Eggebusch«, erklärte er dem Gaul, während er in kurzen Griffen das Geschirr abstreifte.

Drüben, hinter dem Dorfbrunnen, sprachen zwei Gruppen erregt aufeinander ein. Drei Männer kauerten sich auf dem Boden, streckten die Arme aus und peilten über ihre Daumen. Zwei durchmaßen laut zählend die Strecke in genauen Schritten. Endlich war der Beweis gebracht: Die festgestampfte Fläche hatte noch nicht das richtige Ausmaß! Ärgerlich nahmen jetzt beide Gruppen wieder die stumpfen Holzstämme auf und stießen sie mit Wucht auf die Erde.

So lange nicht geübte Vorbereitungen!

»Mein Karren ist der beste Platz für die Spielleute«, brummte der Dorfvogt und schob den Wagen noch ein Stück näher an die Tische heran. Unter die schwankende Ladefläche stemmte er zwei Holzböcke, die Räder blockierte er mit großen Steinen. Erhöht, auf dem Karren sollten die Musikanten spielen.

Das Licht blendete. Der Dorfvogt legte eine Hand über die Augen und spähte neugierig zur Friedhofsmauer hinüber. Wie ein Spiegel glänzte der kahle Kopf des Totengräbers in der Sonne. Der Alte reinigte und putzte eine lange Holzflöte. Direkt neben ihm hockte der Schmied und Wagner von Eggebusch. Geduldig zupfte er an den Saiten seiner Fiedel, horchte auf den Klang – und schraubte immer noch unzufrieden an den Wirbeln.

»Ein Fest mit Musik.« Weit reckte der Dorfvogt seine Arme auseinander und drehte sich ungelenk im Kreis.

Zuerst hatten die Frauen über die beiden Mädchen nur gelächelt – wie sie da so ernst am Fuß der Linde standen und sich gegenseitig das Haar flochten. Unmerklich stahl sich ein zaghaftes Glänzen in die Augen der verhärmten Frauen. Ihre Gedanken durchsuchten die alten, bemalten Kleiderkisten. Vielleicht gab es noch das Tuch – oder den Umhang?

Und in plötzlicher Unruhe waren sie nach Hause gegangen.

Lautes Lachen – wie Kinder freuten sich die Männer! Sie schlugen sich anerkennend auf die Schultern und rissen die Arme hoch.

Voll Spannung lief der Dorfvogt am Brunnen vorbei, drängte sich durch die Gruppe – dann steckte auch ihn die Begeisterung an: Sie hatten es geschafft. Das Spiel war aufgebaut. Nahtlos reihten sich die gehobelten Bretter aneinander!

Die Holzkugel rollte gleichmäßig über die glatte Bahn, rollte, ohne die Richtung zu verlieren, auf das flach gelegte Türblatt – und warf vier der neun Kegel um!

Als der Pfarrer von Eggebusch noch da war – wie hatte er am Sonntag von der Kanzel herunter über die jungen Burschen gewettert, die schon am Vormittag ins Wirtshaus gingen – tranken und kegelten!

Der Dorfvogt stemmte beide Fäuste in die Seiten. »Eggebusch hat wieder eine Kegelbahn!«

Mit solch einer Stimme hatte er früher in der Gemeindeversammlung gesprochen. Alle erinnerten sich plötzlich und blickten ihn staunend an. Selbst überrascht, hielt der untersetzte Mann einen Moment den Atem an, bevor er in dem gleichen Ton weitersprach: »Geht nach Hause. Holt aus den Kammern, was ihr noch habt. Wenn die Amtsglocke schellt, dann beginnt unser Fest!«

Hoch und strahlend stand die Sonne über dem Kirchturm. In der offenen Glockenstube ging ein leichter Wind. Nur das Gewehr und die Pulverflasche lagen auf den rauen Bohlen.

»Ihren Spaß haben sie gemacht«, schimpfte Veit vor sich hin. »Spaß mit mir. Diese verdammten Teufel!«

Er saß nackt auf einem Schemel vor der niedrigen Stalltür. Hier, inmitten von abgebrannten, eingestürzten Hütten, war sein Zuhause.

»Das beste Versteck, wenn die Soldaten kommen«, verteidigte er den kaum mannshohen Verschlag, wenn ihn wohlmeinende Leute überreden wollten, in eine festere Hütte zu ziehen.

»Du kannst wohnen, wo du willst. Von Jahr zu Jahr gibt es mehr Platz in Eggebusch«, erklärte der Küster immer, aber er lachte nicht dabei.

Veit hatte die langen Schnitte an seinem steifen Bein schon gereinigt und mit sauberen Tüchern umwickelt. Griffbereit neben ihm lehnte die Krücke an dem Wassertrog. Die kurzarmige Gabel des Astes ragte über den Rand hinaus.

Jetzt drehte sich Veit mit dem Rücken zur Sonne und betrachtete sein Gesicht in der breiten Klinge eines Messers. Mit dem angefeuchteten Stofffetzen rieb er sorgfältig das vertrocknete Blut von den aufgeschlitzten Narben. Die eine klaffte quer über der Stirn, die zweite zog sich von der Nasenwurzel durch die Wange bis zum Ohr.

»Ein Soldat kuriert sich selbst.« Vorsichtig betupfte er die Wunden mit dem Saft aus Blättern und Wurzeln des Hirtentäschelkrauts. Aus alter Gewohnheit bewahrte er stets ein Tröpfchen von dem Heilsud neben seinem Strohlager und erneuerte es in regelmäßigen Abständen.

Die Schmerzen hatten nachgelassen. Als gestern auf dem Fahnenplatz des Lagers die Dolchspitze die Narben in seinem Gesicht aufriss, waren es für ihn wieder die schnellen Säbelhiebe gewesen: Vom Rücken des Pferdes fuhren sie auf ihn nieder – der erste war glühendes Feuer, der zweite löschte sein Bewusstsein und schlug ihn zu Boden. Den

Pferdehuf, der sein linkes Knie zertrat, hatte er nicht mehr gespürt.

»He Amtsdiener!«

Veit wandte nicht den Kopf. Unbeirrt tauchte er den Stofffetzen in den Sud.

»He Amtsdiener, hörst du nicht?«

Sorgfältig behandelte der Alte seine Wunde weiter – der Dorfvogt sollte herkommen, wenn er etwas von ihm wollte.

Die Schritte blieben hinter dem Schemel stehen. »Das Fest beginnt gleich. Du musst läuten.«

Jetzt drehte sich Veit um. Vor seinem Anblick fuhr der Dorfvogt zurück.

Einen Moment lang genoss der Lahme das Erschrecken, dann grinste er, soweit es der Riss in seiner Wange zuließ. »Ich schmück mich noch für den Tanz. Aber gleich bin ich fertig.« Knapp deutete er auf den prall gefüllten Lederschlauch. »Da liegt Wein. Ich hab viel dafür bezahlt.«

Betont gleichmütig hob Veit das Messer und begutachtete sein Gesicht im Spiegel der Klinge.

Der Dorfvogt zögerte. Langsam ging er zu dem Wassertrog und nahm die Krücke auf. Um die Gabelstücke waren dicke Lumpen gewickelt. Voller Mitleid blickte er zu dem geschundenen, nackten Mann hinüber. »Das sind keine Menschen, Veit.«

Doch der Amtsdiener antwortete nicht.

Ich kann nichts für ihn tun, dachte der Dorfvogt und starrte auf die übereinandergestürzten Hüttenwände, die wie ein Schutzwall den niedrigen Stall umgaben. »Alles wird besser. Es geht schon weiter«, murmelte er.

Das Fest! Ja, heute geht es weiter in Eggebusch. Und Veit wird dabei sein, auch wenn er nicht laufen kann!

Entschlossen lehnte der Dorfvogt die Krücke zurück an den Wassertrog. »Ich schell für dich die Leute zusammen.« Aufmunternd lachte er dem Amtsdiener zu. »Ich hol nur rasch die Glocke.« Damit ging er gebückt in den Stall und kam gleich darauf mit der Amtsglocke zurück.

Veit war auf dem Schemel herumgefahren. Jetzt hielt er das Messer mit der Spitze nach unten in der rechten Faust.

Breit strahlte der Dorfvogt ihn an. »Mach dir keine Sorgen. Ich lauf für dich rum und läute. Nachher holen wir dich und tragen dich auf den Marktplatz.«

»Gib sie her!«, keuchte Veit. »Gib sie. Her damit!« Sein Brustkorb hob und senkte sich.

Mitfühlend zeigte der Dorfvogt auf das verbundene steife Bein. »Das heilt doch schnell.«

In wilder Hast griff der Amtsdiener nach der Krücke, presste die Gabel unter die linke Achsel und stemmte sich von dem Hocker hoch. Nur die Zehen des steifen Beines setzte er auf den Boden. Mit zwei mächtigen Sätzen hatte er den Dorfvogt erreicht und riss ihm die Glocke aus der Hand. »Wage es nicht, sie noch mal anzufassen!«, schrie er ihm ins Gesicht.

Die klaffenden Furchen auf Stirn und Wangen zuckten. »Du glaubst wohl, ich bin fertig? Hier!«

Hastig humpelte der nackte Mann zum Wassertrog, schlug wütend seine Glocke, humpelte zurück zur Stalltür und schwang die Glocke über dem Kopf des Dorfvogts, dass der Klöppel nur noch hart gegen das Metall schlug und dem Ton keine Zeit mehr gab zu schwingen.

»Meine Glocke«, fauchte er. »Ich bin der Amtsdiener!« Aus der Stirnwunde quoll jetzt dunkles Blut.

»Pack den Wein und verschwinde! Ich läute zum Fest!« Veit schwieg, doch in seinen Augen schrie er weiter.

Abrupt bückte sich der Dorfvogt nach dem Lederschlauch und nahm ihn auf. Er starrte noch einmal an dem Verletzten herunter. »Beeil dich, Amtsdiener. Das Fest wartet«, sagte er kurz, damit wandte er sich um und stapfte zwischen den Hüttentrümmern davon.

Der Mittag dcs 6. Oktober dehnte sich wie eine gläserne Kuppel über Eggebusch.

Alle warteten auf das Zeichen für den Anfang.

Warten – heute war es nicht das ohnmächtige Zittern, das in der Brust wild wuchert und den Atem erstickt. Nein: Warten – und lachend ungeduldig sein.

Furchtloses Erwarten – von dem die Menschen in Eggebusch so lange nichts gewusst hatten.

Plötzlich das Läuten der Amtsglocke!

Einen Atemzug lang zuckte die Angst wieder hoch: Soldaten! Und Hände krampften sich zusammen.

»Das Fest beginnt!« Laut tönte die Stimme des Amtsdieners.

»Das Fest beginnt.« Die Kinder stürmten hinaus, folgten dem Lahmen, jubelten.

Veit stieß seine Krücke auf das Pflaster, schwang die Amtsglocke und weiter ging es.

Die jungen Männer warteten aufeinander, schlossen sich an. Die Mädchen blieben dicht bei den Müttern, die Männer schmunzelten – und alle folgten dem Amtsdiener. Nur an der Gasse von Martha schellte die Glocke vergebens.

Der kleine Festzug mündete in den Marktplatz.

»So, Weibchen, hör jetzt gut zu.« Stolz reckte sich der Totengräber auf der Ladefläche des Karrens und nickte dem Schmied zu.

Die vergnügte Melodie schwang den Menschen entgegen, hob sie über alles Elend. Sie lösten sich aus dem Zug und liefen bis unter die Linde. Andächtig hielten sie den Atem an, als müssten sie das Lied festhalten – und Schmied und Totengräber spielten.

Schnell fassten sich die Kinder an den Händen, schlossen die Kette und hüpften im Kreis. Ein altes Spiel! Doch langsam horchten sie auf die Musik. Ihre Schritte versuchten sich im Takt – und dann tanzten sie.

Frauen wandten sich ihren Männern zu, die jungen Burschen stahlen sich zu den Mädchen – und Hände fassten sich. Die Alten reihten sich ein und dann öffneten alle die Arme – dehnten den Kreis vor dem Karren zu einem lachenden Menschenkranz.

Und das Rad des Festes begann, sich zu drehen.

Leicht schwankten die Leinenstreifen an den Ästen der Linde.

»Bunte Bänder!« Der Dorfvogt strahlte vor Glück.

Jockel fühlte sich so weit entfernt von Katharina. Mit den Augen versuchte er, sie festzuhalten. Schneller schwang der Kreis herum. Männer lachten. Schneller. Maria und Tobias – Hand in Hand. Weiter. Christoph. Schneller. Frauen lächelten.

Jockel fühlte sich schwindelig – und die Musikanten spielten.

Auf den hell gescheuerten Tischen standen die Schüsseln. Alle waren leer geblieben! Was sollten der tägliche Brei aus Grassamen, Eicheln und Brennnesseln oder die Suppe aus Wasser und klein gehackten Wildkräutern auf dem Fest?

Für die Kinder wartete verdünnte Ziegenmilch in zwei Krügen. Eine heiß begehrte Köstlichkeit.

Am Fuß der Linde thronte Veit auf einem Schemel. Er hatte den Lederschlauch geöffnet und den Wein in einen großen Holzbottich fließen lassen. »Das ist ein Duft«, strahlte er. »Ich hab gekämpft, Ursula«, versicherte er.

Schmunzelnd goss die Frau des Weißgerbers Wasser in den Wein.

»Genug.« Der Amtsdiener breitete energisch seine Hände über den Bottich. Mit dem Kopf wies er kurz zu den Musikanten hinüber. »Ja, Ursula, wenn man aus dem Kindbett aufsteht oder lahm ist – ganz egal: Tanzen kann man nicht.«

Veit schöpfte zwei Becher und reichte den einen der Frau des Weißgerbers. »Gekämpft habe ich gestern.« Sie tranken sich zu.

Weiter rollte das Rad.

Abseits von den Tanzenden stand Elsa Hobe blass und starr neben ihrem Mann. Sie zeigte zum Kirchturm hinauf. »Da – sie ist leer.«

Schnell blickte der Küster zur Glockenstube.

Niemand wachte! Das Gewand des Festes verlor für ihn wieder jede Farbe. Entschlossen schritt er zur Kirche hinüber.

Elsa lief und hielt seinen Arm fest. »Du nicht, Mathias.« Nur ihre Lippen zitterten.

Ungehalten versuchte der große Mann, sich zu befreien, doch ihre Finger zerrten an seinem Kittel.

»Elsa, einer muss doch Wache halten.«

Ganz dicht drängte sich die Frau an ihn heran. »Ich.«

Mathias wehrte ab, solange noch Männer lebten . . .

Grob unterbrach ihn die verhärmte Frau und zeigte verächtlich zu den ausgelassenen Menschen hinüber. »Da, sieh doch hin! Da, wie sie brüllen, wie sie die Beine heben! Sie haben alles vergessen.«

Voller Zorn ballte sie ihre Fäuste. »Wie dumm ihr seid!« Damit eilte sie über den Marktplatz zur Kirche.

Der Küster wollte seine Frau nicht mehr zurückhalten. Er kannte den Weg der Gedanken, die oben durch das offene Fenster der Glockenstube ungehindert bis zum Waldrand hinaufdrängten – bis zu diesem Platz.

Mathias rieb sich über die Augen. Vergessen? Kein Festlärm kann so laut sein.

Er wandte sich um und ging mit schweren Schritten zur Linde hinüber.

Und das Rad rollte und kreiselte weiter.

In den ausgehungerten Menschen trieb der dünne Wein Becher für Becher schneller das Blut durch die Adern – beseelte sie und mit Tränen sangen sie Lieder.

Immer heftiger donnerte die Holzkugel über die Bahn. Gerade noch waren die Kegel nur geschnitzte Spielfiguren. Jäh wurden sie zu Feinden, die leicht besiegt werden konnten!

Ungeduldig drängten sich die Frauen und Männer. Jeder wollte endlich selbst die Kugel in der Hand halten. Das war die Macht. Voller Lust griffen sie die neun Opfer mit den

Augen und schleuderten ihren Zorn über die Bahn. Alle hielten den Atem an – dann jubelten sie über jeden Kegel, der getroffen von dem Türblatt stürzte.

Mit Tanzen und Singen feierten sie ihre Siege, umarmten einander – und tanzten weiter.

In der ersten Dämmerung fraßen sich die Flammen knisternd durch das trockene Holz und loderten hoch über den Marktplatz.

Freudenfeuer! Es leuchtete flackernd in die Gesichter, brannte, brach in sich zusammen und glühte noch lange in den Abend hinein.

Die Fiedel lag neben der langen Holzflöte auf dem Karren. Müde waren die beiden Spielleute heruntergestiegen und hatten sich eng zu dem Kreis unter der Linde gesetzt.

Die Menschen von Eggebusch drängten sich glücklich aneinander und hielten die Wärme der vergangenen Stunden noch fest. Der Totengräber hob seinen Hund auf den Arm und streichelte ihn zärtlich.

Sie erzählten von den neu erwachten Hoffnungen. Jeder baute mit seiner Sehnsucht eine Treppe, führte die anderen hinauf – und sie bauten weiter.

»Auch Soldaten haben Angst«, sagte Veit mit einem Mal und stemmte seine Krücke fest auf den Boden.

»Ja, ich weiß, vor wem sie alle Angst haben: vor dem Eisernen Soldaten.«

Noch enger rückte der Kreis zusammen.

»Keiner von euch kennt ihn.« Und der Lahme erzählte mit glühenden Augen von dem riesigen Koloss, ganz aus schwarzem Eisen. »Mitten in der Nacht steht er plötzlich zwischen den Armeen. Sobald die Soldaten den Eisernen sehen, brechen an ihren Körpern die alten Narben wieder auf. Sie schreien in ihrem Blut und werfen die Waffen weg. In großem Entsetzen rennen alle nach Hause.

Und der Eiserne Soldat stampft über das leere Schlachtfeld und verschlingt die Waffen. Er kracht und grollt durch die Nacht.

Erst im Morgengrauen legt er sich nieder und schläft.«

Veit schwieg.

Und das Rad des Festes blieb stehen.

Die Nebelstreifen über dem Acker waren schon längst in der Morgensonne verdunstet. Nach dem lang ausgeklungenen Sonntag hatten die Menschen ihre Zuversicht mit in einen tiefen Schlaf genommen.

An diesem 7. Oktober erwachte Eggebusch spät.

Mit beschwingten Schritten überquerte der Dorfvogt den Marktplatz. Vorbei an der Kegelbahn – die geschnitzten Spielfiguren lagen um das Türblatt verstreut, vorbei an dem Dorfbrunnen –, einige Trinkbecher standen auf der Abdeckung. Am Fuß der Linde blieb der untersetzte Mann kurz stehen. Die grauen Leinenstreifen schwankten leicht an den unteren Ästen, umgestürzt lagen einige Holzklötze und Schemel. Der Karren für die Musikanten stand verwaist bei den Tischen.

Ein Festplatz nach dem Fest. Tief atmete der Dorfvogt ein und dehnte seine Arme von den Schulterblättern aus. Es tat gut, an gestern zu denken!

Während er zur Kirche hinüberging, nahm er sich vor, die geschwungene Schar seines Pfluges zu schärfen. Ich werd ein Stück von dem Acker pflügen, beschloss er und stieg die Leitern in dem Turm hinauf. Nur schon mal pflügen!

Elsa Hobe begrüßte den Dorfvogt mit einem kurzen Nicken.

Aufrecht saß sie neben ihrem schlafenden Mann in der Glockenstube. Ihre Augen starrten nach Westen, sie wollte die Sonne nicht sehen. Auf den Knien hielt sie die kleine Pulverflasche und das Gewehr.

»Du kommst sehr spät.«

Der gedrungene Mann hörte den knappen Vorwurf, aber er schwieg. Auch Elsa wird bald über ihren Kummer hinwegkommen. Auch sie muss vergessen, dachte er flüchtig und weckte den Küster. »Ich übernehm heute die Wache.«

Mathias erhob sich schwerfällig. Bleiern lastete die Kälte der Nacht in seinen Gliedern. Lange bevor das Fest sich gestern auflöste, war er zu seiner Frau hinaufgestiegen. Zusammen mit ihr hatte er die Stunden und den schweigenden Kummer geteilt.

»Küster, du sollst wieder Schule abhalten. Die Kinder müssen die Verse aus der Bibel lernen.«

Verwirrt blickte Mathias den Dorfvogt an, diese Lebendigkeit erschreckte ihn. Wie tief war die Kluft zwischen Annes Tod und diesem breit grinsenden Gesicht. Er schwieg.

Rasch zog er seine Frau hoch und führte sie zur Luke. In eckigen Bewegungen stieg Elsa die Sprossen hinunter und der Küster folgte ihr, ohne den Dorfvogt noch einmal anzusehen.

Der Weißgerber drückte die schmale Stalltür auf. Zusammengerollt schnarchten Jockel und Tobias im Stroh neben der Ziege. Gestern nach dem Fest wollte der Sohn des Küsters nicht allein zu Hause schlafen, während seine Eltern gemeinsam die Wache in der Glockenstube übernommen hatten.

Christoph ging zu den beiden Jungen und stieß sie leicht

mit den Fußspitzen an. »Aufwachen! Es ist schon lange Tag.«

Anschließend kauerte er sich zu der Ziege. Bevor er die Zitzen fasste, strich er ruhig über das magere Euter.

Im Hof warfen Elisabeth, Valentin und Leonhard Steine gegen die Bretterwand der Werkstatt. Sieger war der, dem es gelang, als Erster in das große Astloch zu treffen. Sie begannen den Tag auf ihre Weise.

Als Christoph, gefolgt von den beiden Jungen, wieder die Wohnhütte betrat, kniete Ursula unbeweglich vor dem heugestopften Sack. Ihre neuen Schuhe hatte sie sorgfältig auf den Rand der Mulde gestellt, in der das Neugeborene lag. Neben der Mutter stand Maria und presste eine Hand vor den Mund.

»David ist tot.«

Der Weißgerber schloss die Augen. Riesen! Wie soll denn ein kleines Kind gegen euch ankämpfen, ohne Kraft und Schutz?

Das Fest war Gaukelei. Und die Wirklichkeit, das täglich neue Elend, ließ keinen Raum mehr für Hoffen und Träumen. Ohne Hast setzte Christoph die Milchschale auf dem Tisch ab.

Nach einer Weile wandte seine Frau den Kopf und blickte ihn an. »Er hat nie Hunger gehabt. Er wird nie wissen, wie schlimm der Hunger ist.« Sie lächelte bei dem Gedanken.

Christoph ging zu dem Lager hinüber. Mit beiden Händen hob er seine Frau vom Boden auf und schloss sie fest in die Arme. »Wir bringen David zu seiner Großmutter. Sie kennt ihn noch nicht.«

Still lehnte Ursula den Kopf an seine Schulter.

Schließlich befreite sie sich aus der Umarmung, strich ihr Haar zurück und bat Maria, die Milch zu verdünnen. Die Kleinen sollten sie trinken.

Auf dem Hof schlug das Spielen in ein wütendes Geschrei um. Sofort liefen Jockel und Tobias hinaus.

Leonhard brüllte. Vergeblich versuchte er, die am Boden knienden Geschwister von hinten an ihren Kitteln hochzureißen.

Elisabeth und Valentin hatten ihm das Kindsgchänge ausgezogen und waren dabei, die Anhängsel zu teilen. Kaum sah Leonhard den großen Bruder, als er auf ihn zustürzte. »Meine Kette! Du hast sie mir geschenkt!«

Beruhigend strich Jockel dem Kleinen über die Stirn. Mein Gebet hat ausgereicht, ging es ihm dankbar durch den Kopf – die Gefahr für Leonhard war längst vorüber.

Ohne zu zögern, hatte Tobias den beiden das Kindsgehänge abgenommen und lächelnd band Jockel die Kette wieder um den Hals des Sechsjährigen.

»Das wird dich immer beschützen.« Wie leicht fielen dem Bruder heute diese Worte.

Ursula hatte den toten David fest mit Tüchern umwickelt. Während sie den kleinen Leichnam in den Leinenbeutel nähte, holte der Weißgerber die Schaufel und rief seine Kinder im Hof zusammen.

David war im Namen der Heiligen Schrift getauft worden. Er lebte nur zwei Tage. Für seine Beerdigung benötigte Christoph den Beistand des Küsters nicht. In Eggebusch starben so viele Kinder in den ersten Wochen und wurden ohne Andacht ins Grab gelegt.

»Darf ich mitgehen?« Tobias wollte die Familie zum Friedhof begleiten.

Dankbar drückte Maria seine Hand. –

Vom Glockenfenster aus beobachtete der Dorfvogt schon lange die kleine Gruppe auf dem erweiterten Teil des Friedhofs. In der Nähe des Holzzauns hatten der Weißgerber und Jockel das Grab der Großmutter wieder geöffnet.

Mitfühlend faltete der Dorfvogt die Hände, während das Gebet gesprochen wurde.

Den kleinen David wurde er nicht vergessen. Auch wenn er kaum gelebt hat – durch ihn gab es neue Hoffnung in Eggebusch.

Nein, diesen Jungen wollte er nicht vergessen.

Tief unten wurde das Grab zugeschüttet.

Noch in Gedanken wandte sich der gedrungene Mann um und blickte über den Acker zum Wiesenhügel hinüber. Soldaten!

In einer lang auseinandergezogenen Kette kamen Fußsoldaten den Hang herunter. Über den Fahrweg galoppierten Reiter, gefolgt von einem Pferdegespann.

Als der Dorfvogt begriff, schrie er.

Sein Schreien brüllte auf Eggebusch nieder. Er riss das Gewehr hoch. Der Schuss löste sich nicht.

»Soldaten!« Er schrie, stürzte nach der Pulverflasche, schrie, schüttete mit fliegenden Fingern frisches Pulver auf.

»Soldaten!«

Endlich zündete der Funke.

Der Knall dröhnte über die Dächer und schreckte die Menschen in ihren Hütten auf.

Der Knall dröhnte weit über den Acker, über den Wiesenhügel. Auf dem Fahrweg rissen die Reiter an dem Zaumzeug. Die Gäule stiegen auf die Hinterhand. Der hohe Planwagen schleuderte, bevor er neben der Straße zum Stehen kam.

Am Wiesenhügel stockte die auseinandergezogene Kette. Die Fußsoldaten feuerten einige Schüsse zur Antwort. Dann setzten alle zum Sturm an – mit gezückten Säbeln, grölend und johlend.

Der Dorfvogt stürzte aus dem Kirchenportal.

»Soldaten! Sie sind schon auf dem Acker!« Die Angst um seine Frau und Katharina verzerrte sein Gesicht. Er hetzte davon – über den Marktplatz.

Jetzt hallte der Ruf in den Gassen weiter, setzte sich fort und wurde endlich von überall beantwortet.

»Soldaten!« In ganz Eggebusch gellte der Alarm.

Die ersten Schreie hatten die kleine Gruppe vor dem Grab gelähmt.

»Soldaten! Sie sind schon auf dem Acker!«

Jäh zerbrach die Erstarrung.

»Nach Hause! Schnell!« Ursula griff nach den Kleinen. Mit fliegender Hast versuchte sie, die Kinder mitzuzerren. Noch geschwächt von der Geburt, stolperte sie, fiel über ein Holzkreuz und schlug hart auf die Erde. Gleich packten Jockel, Maria und Tobias nach den Händen der Kleinen.

Christoph riss seine Frau vom Boden hoch.

»Ich schaff es nicht!« Verzweifelt schluchzte Ursula auf.

»Rette die Kinder! Bring sie nach Hause!«

Das Johlen der heranstürmenden Meute wurde lauter.

Von Christoph Markart löste sich mit einem Mal die überstürzte Angst. Seine Gedanken wurden klar: In der

Wohnhütte brannte das Herdfeuer. Die Ziege stand noch im Stall. Es blieb keine Zeit mehr, die Glut zu löschen, das Tier zu verbergen. Die Gerberei war eine tödliche Falle!

»Wir bleiben hier, Ursula.« Entschlossen wandte er sich um.

»Jockel!«, schrie er. Die Fliehenden hatten schon fast das breite Tor des Holzzauns erreicht. »Kommt wieder her! Schnell!«

Ohne zu zögern, hetzten die Großen mit ihren Schützlingen zwischen den Gräbern zurück.

»Zu Hause können wir uns nicht mehr verstecken!«

Fieberhaft suchte der Weißgerber nach einer Zuflucht. Für alle boten die Grabhügel zu wenig Schutz. Der Holzzaun stieß an die hohe Friedhofsmauer. Das war die einzige Möglichkeit.

»Zur Mauer!«

Gemeinsam hasteten sie an den Kreuzen vorbei. Christoph stützte und zog seine Frau.

»Maria, Jockel und Tobias, legt die Kleinen auf den Boden dicht an der Mauer entlang. Legt euch über sie!«

Sofort packte Jockel den weinenden Leonhard, Maria nahm Elisabeth und Tobias warf sich mit Valentin bäuchlings auf die Erde. Sie rutschten näher an die Mauer heran, bis ihre Seiten sich fest an die Steine pressten. Mit dem Körper deckten sie die Kinder zu und beruhigten flehend das ängstliche Jammern.

So lange war Christoph stehen geblieben. Heftig umarmte er seine Frau. Dann legten sich Ursula vor und der Weißgerber hinter den Kindern dicht an die Mauer.

Das verwitterte Grau der Steine ging schützend in das Grau der Leinenkittel über. –

Wieder fiel die Gewalt in Eggebusch ein. Pferde preschten vom Fahrweg her durch die enge Gasse, laut ratterten die Räder des Beutewagens über das Pflaster, mit Gebrüll stürmten die Fußsoldaten zwischen den ersten Hütten hindurch – und alle sammelten sich auf dem Marktplatz.

Der Ort war eingenommen! Die Männer in den zerlumpten Uniformen lachten über den Sieg. So machte das Kämpfen Spaß!

Sie legten die Gewehre ab. Befehle teilten den Haufen in kleine Trupps und mit gezückten Säbeln schwärmten sie in alle Richtungen aus.

Jockel krallte die Hände in die Erde, seine Schultern zitterten.

»Hast du Angst, Jockel?« Leonhard lag zusammengerollt auf der Seite, mit dem Gesicht zu den Steinen. Der Körper seines Bruders deckte ihn schräg zur Mauer hin wie ein schützendes Dach.

»Ja, ich hab Angst«, flüsterte Jockel.

Katharina. Hatte sie noch Zeit gehabt, in den Vorratsschacht hinunterzusteigen?

Jockel presste den Mund in das Haar des Kleinen, um nicht aufzuschreien.

Ein Trupp zog lärmend am Friedhof vorbei. Nur der Kopf des Reiters ragte über den Holzzaun. Seine Augen streiften kurz über die Gräber und blickten wieder nach vorn.

Niemand in Eggebusch hatte noch Zeit gefunden, die Türen und Fenster auszuheben, um die Hütten unbewohnt erscheinen zu lassen.

Die Plünderer hatten leichtes Spiel.

In das Kreischen der Kinder mischte sich das verzweifelte Jammern der Frauen, wenn sie aus den Häusern gerissen wurden.

Die Männer brüllten vor Schmerzen.

Über Eggebusch zog sich ein Schrei der Verzweiflung!

Vier Plünderer traten die Tür des kleinen Steinhauses in der Nähe des Friedhofes ein. Mit ihren Säbeln stachen sie in das Strohlager, stießen die Töpfe um, brachen eine Kiste auf. Nirgends fanden sie etwas Essbares. Nichts von den Armseligkeiten war es wert, mitgenommen zu werden.

In einer Ecke, unter Lumpen verborgen, entdeckten sie den Totengräber. Er umklammerte seinen Hund. Mit einer Hand hielt er ihm die Schnauze zu.

»Gib ihn her!«

Ganz fest drückte der Alte das Tier an sich.

Sie spalteten ihm den Schädel, um den Hund nicht zu verletzen. Das Tier war eine gute Beute.

Auf dem Marktplatz trieben die ersten Trupps Ziegen, ein Pferd, Kinder und Frauen zusammen. An den Händen gefesselt, wurden die jungen Burschen und Männer herangeschleppt und mussten zusehen: Mit zwei jungen Mädchen begannen sie. Grölend rissen sie ihnen die Kittel herunter und stürzten sich über sie.

Das Haar der beiden war noch vom Fest her sorgfältig geflochten; ihr Schreien ging auf in dem großen verzweifelten Schrei.

Verborgen an der Friedhofsmauer, versuchte Christoph, sein Stöhnen zu unterdrücken. Wenn sie Ursula und die

Kinder finden? Ich kann sie nicht vor diesen Teufeln bewahren!

Die Machtlosigkeit riss tiefe Wunden in ihm.

Flüsternd betete Tobias mit Valentin. Eng hielten Jockel und Maria die Geschwister unter sich verborgen. Jeder versuchte, seinen Schützling zu trösten.

Ursula hörte mit weit aufgerissenen Augen das Schreien. Sie sah wieder die beiden Söldner. Sie trieben ihren Sebastian vor sich her, packten ihn . . .

Zwei Trupps durchkämmten Hütte für Hütte des abgelegenen Teils von Eggebusch. In der engen dunklen Gasse zerschlugen sie Marthas Haustür und die Söldner drangen ein.

Mit irrem Blick wartete Martha neben dem gemauerten Herd. Die kleine Tochter drängte sich an ihren Kittel.

»Hast du eine Ziege?«

Marthas Augen starrten zur Hoftür. Triumphierend stürzten die Soldaten hinaus. Gleich darauf kamen sie in die Hütte zurückgestolpert.

Die hagere Frau spuckte in eins der bleich gewordenen Gesichter.

»Ich habe ihn aufgegessen. Es ist nichts mehr da. Der Friedrich gehörte mir.«

Mit ihren Säbeln hieben sie auf Martha und ihre Tochter ein.

In Eggebusch war nichts mehr aufzutreiben. Gereizt kehrte Trupp für Trupp zum Marktplatz zurück.

Gestern wurde hier noch ein Fest gefeiert! Wütend warfen einige Soldaten die herumliegenden Becher gegen den gemauerten Brunnenrand. Und heute sollte es nichts als diese vier abgemagerten Ziegen, den knochigen Gaul, zwei Hühner und den Hund geben?!

Wo habt ihr die Vorräte versteckt? Wo sind die Kühe? Die Schweine? Das Korn?

Verzweifelt beteuerten die gefesselten Männer, dass sie nichts mehr hätten.

Die Enttäuschung der Söldner schlug um in Raserei.

Tollwütig hackten sie den Kindern die Hände ab.

Wo sind die Vorräte?

Ohnmächtig schluchzten die Väter. Mit Dolchen stachen die Bestien in die weinenden Augen.

Wut und Lust stillten sie gierig an den hilflosen Menschen.

Draußen näherten sich die Schritte.

Nach dem Alarm saß Elsa Hobe wie versteinert an dem eckigen Tisch. Ihr Mann hatte die Ellbogen auf die Holzplatte gestützt und bedeckte mit den Händen sein Gesicht. Vor ihm lag die große, in das Ledertuch eingewickelte Bibel von Eggebusch. Auch Tobias war nicht mehr bei ihnen!

Die Plünderer erreichten die Tür des schmalen Steinhauses.

Während das Holz splitterte, war es für die ausgezehrte Frau wieder diese Nacht: Anne wehrte sich gegen die brutalen Hände, die sie aus der Brautkiste herauszerrten. Durch das lustvolle Johlen der Teufel hörte Elsa die angstgehetzten Rufe ihrer Tochter: »Hilf mir doch! Mutter! Hilf mir doch!«

»Raus mit den Vorräten!« Breitbeinig standen die beiden

Landsknechte vor dem Tisch. Die Säbelspitzen hatten sie in den Hüttenboden gestochen und sie stützten sich herrisch auf den Knauf der Griffe.

»Bewegt euch!«

Ratlos legte Mathias die Hände über das Buch. »Wir haben nichts.«

»Warte, mein Kind.« Ohne Hast richtete sich Elsa auf, bedeutete den Söldnern zu warten und ging zum Wandregal hinüber, auf dem die Schüsseln und Töpfe standen.

Zufrieden grinsten sich die zerlumpten Soldaten an.

Mit dem linken Arm umfasste Elsa den hohen Tiegel, die rechte Hand hielt sie stützend unter den Boden. So kehrte sie zum Tisch zurück. Mathias blickte verwundert seiner Frau entgegen.

Einer der Plünderer konnte es nicht mehr erwarten. In zwei Schritten war er bei der hageren Gestalt. Hungrig beugte er das bärtige Gesicht über den Tiegelrand.

Elsa drückte ihm den Eisentopf fest an die Brust und stieß ihm mit der rechten Hand das unter dem Tiegel verborgene Messer bis zum Heft in die Brust.

Erschreckt hob der Soldat den Kopf.

Der schwere Topf schepperte auf den Boden und rollte unter den Tisch.

In dem Gesicht wuchs ungläubiges Entsetzten. Angst schrie aus den Augen, bevor sie brachen.

Elsa trank jeden Moment des Sterbens.

Langsam sank der leblose Körper in sich zusammen und blieb vor ihren Füßen liegen.

Brüllend erwachte der Kamerad aus seiner Bestürzung. »Alarm!« Er packte den Säbel. Doch Mathias warf sich über ihn. Unter der Wucht des Aufpralls stolperten sie zu Boden.

Die Hände des Küsters krallten sich um den Hals. »Du hast meine Kinder geschlachtet!«, keuchte Mathias. Not, Hunger und Elend würgten den Soldaten.

Durch die Schreie alarmiert, hetzten drei weitere Plünderer in das schmale Haus. Verblüfft sahen sie auf den Toten und den großen Mann, der mit dem Kumpan kämpfte, ihn fast besiegt hatte.

Unter Wutgeheul stachen sie die Säbel in den Rücken des Küsters und traten seinen Körper mit den Stiefeln von dem schwer atmenden Gefährten herunter.

Elsa stierte unbeteiligt auf den erstochenen Soldaten vor ihren Füßen.

Brüllend schlug ein Plünderer ihr den Kopf ab. Die Bibel nahmen sie mit.

Die Nachricht vom Mord an einem ihrer Kameraden schrie das Todesurteil über den Marktplatz. Es beendete schnell die grausame Qual der Kinder, Frauen und Männer von Eggebusch. Doch der Blutrausch sättigte nicht die Gier nach Vergeltung. Grölend packten die Söldner ihre Brandfackeln und rannten durch die leeren Gassen.

Überall loderte das Feuer auf, griff auf die benachbarten Hütten über, weitete sich aus und in kurzer Zeit brannte der ganze Ort.

Als endlich die Flammen oben im Kirchturm aus der Glockenstube schlugen, jubelten sie über das Feuer wie im Siegestaumel.

Pferde preschten durch die enge Gasse zum Fahrweg hin, laut ratterten die Räder des Beutewagens, johlend sangen die Landsknechte und marschierten ab.

Es war Mittag. Vielleicht erreichten sie bis zum Abend

ihre nächste Vorratskammer – denn der Krieg musste sie ernähren.

Der Lärm des Gesangs entfernte sich. Nur das Prasseln des Feuers blieb. Die Hitze blies über den Friedhof.

Benommen stützte sich Christoph Markart an den Steinen der Mauer, um aufzustehen. Allmählich begriff er: Wir sind gerettet. Dankbar blickte er auf die Kinder und seine Frau hinunter, die sich immer noch fest am Boden gegen die Mauer pressten.

Gerettet!

Über ihnen krachte das Feuer in den Balken des Kirchturms. Die Erleichterung hatte nur wenige Augenblicke Zeit gehabt. Mit einem Satz sprang Christoph auf einen Grabhügel und starrte zum Ort hinüber: Aus den Dächern schlugen die Flammen, leckten höher und höher.

Vom Kirchturm brach ein großes Stück, stürzte in einem weiten Bogen brennend herunter und zerstob Funken sprühend zwischen den Gräbern innerhalb der Friedhofsmauer.

»Steht auf!«

Für Ursula und die Kinder ging die Angst vor der plündernden Meute atemlos in die Furcht vor dem Feuer über.

Jockel, Maria und Tobias flohen mit den Kleinen durch das Tor des Holzzauns. Kaum hatten Christoph und seine Frau sicher die Gasse erreicht, als der Turm schwankte, ächzend brach und sich in einem Funkenmeer über die Gräber ergoss.

Die kleine Gruppe stand dicht aneinandergedrängt.

»Hier können wir nicht mehr bleiben.« Erschöpft wischte

Christoph sich über die Stirn. Wohin? Nach Westen – zur Stadt? Nein, dort zogen auch die Heere, plünderten und mordeten die Bevölkerung! Solange der Krieg andauerte, war keine Straße sicher.

»Wir gehen durch das Torfmoor nach Norden in die Wälder.«

Er zeigte über die brennenden Dächer.

Plötzlich ließ er den Arm sinken. Vom Marktplatz her humpelte eine Gestalt auf die Gruppe zu. Veit!

Sie rannten ihm entgegen wie einem lang vermissten Freund. Jubelnd umringten Leonhard, Elisabeth und Valentin den Amtsdiener.

Das Gesicht des Alten strahlte, soweit die verharschten Wunden es zuließen. Ihm war nichts geschehen. Unter den verkohlten Hüttentrümmern hatten die Plünderer ihn nicht entdeckt.

Sofort nach dem Abzug der Meute hatte er sich im Dorf umgesehen.

»Es lebt keiner mehr«, sagte er. »Der Küster, der Dorfvogt – alle, alle sind sie tot.«

Tobias schluchzte auf und wollte wegrennen – nach Hause.

Mit aller Kraft hielt ihn Maria fest.

Veit humpelte in kleinen Sätzen zu dem schmächtigen Jungen hinüber. »Glaub mir, sie sind beide tot. Sieh dir das nicht an.«

Schmerzvoll öffnete Tobias den Mund. Er war nicht mehr fähig zu schreien. Tränen rollten über seine Wangen. Maria hielt ihn mit den Armen. »Nicht weinen«, flüsterte sie und weinte selbst. »Nicht weinen, bitte.«

Abrupt wandte sich Veit von den beiden ab..

»Weißgerber!«, rief er. »Wenn ihr wegwollt, müsst ihr bald los. Oben auf dem Wiesenhügel sitzen sie schon: die Soldatenweiber mit ihrer Brut. Die warten nur, bis das Feuer sich etwas gelegt hat.«

Jockel ertrug die Ungewissheit nicht länger. Sie durfte nicht tot sein. »Vater. Wartet auf mich am Moor!« Damit hetzte er in Richtung Marktplatz davon.

Sein Vater schrie hinter ihm her, doch Jockel ließ sich nicht aufhalten.

»Der geht nicht verloren. Der ist zäh.« Veit lachte meckernd und betastete vorsichtig die dunklen Krusten der Narben in seinem Gesicht.

Die beiden Flügel des Holztores lagen herausgerissen auf der Gasse. Mit stechendem Atem jagte Jockel an der Scheune vorbei durch den Hof. Nur der Hauptteil des Wohnhauses brannte. Die ersten Flammen züngelten schon zum flachen Dach des Anbaus hinüber.

In einem Satz sprang der Sohn des Weißgerbers über die zersplitterten Türbretter und erreichte den Eingang.

Beißender Rauch erfüllte bereits die Küche. Jockel warf sich auf den Boden und tastete sich nach vorn.

Seine Finger berührten einen Körper. Entsetzt kroch der Junge näher und wischte sich verzweifelt die tränenden Augen. Auf der Bodenklappe lagen die erschlagenen Körper des Dorfvogts und seiner Frau.

»Katharina«, stöhnte Jockel. Der Husten erstickte ihn fast. »Katharina!«

Mit der Schulter stemmte der Junge die Toten zur Seite. Von Furcht gehetzt, packte er mit beiden Händen den

Eisenring. Endlich bewegte sich die Falltür, schwang hoch und schlug zurückgeklappt auf die leblosen Körper.

»Katharina!« Jockel beugte sich über den dunklen Schacht. Verstärkt durch den Rauch, konnte er nichts erkennen.

»Katharina?«

»Ja.« Zaghaft antwortete die Stimme des Mädchens. In Jockel zersprang alle Angst.

»Ich bin's, Jockel. Komm. Die Soldaten sind weg. Es brennt!«

Ihre Hände streckten sich ihm aus dem Schacht entgegen. Jockel griff nach den Armen und zog das Mädchen die kurze Leiter herauf. Gebückt zerrte er sie hinter sich her zum hellen Ausgang.

Im Hof stolperten sie, hielten sich aneinander fest – und husteten keuchend, bis der Atem leichter ging.

Um Katharinas Kopf war das Tuch fest gewickelt, das Gesicht rußgeschwärzt. Ihre Gestalt war mit Lumpen vermummt.

Dankbar seufzte Jockel: Die Eltern hatten es noch geschafft, ihre Tochter zu verstecken.

»Ich hab ihre Schreie gehört.« Katharinas Augen blickten tränenleer. »Sie sind auf die Klapptür gefallen. Direkt über mir.«

Mit Wucht ergriff das Feuer den Anbau. Die Flammen platzten durch das Dach, loderten aus der Türöffnung.

»Wir müssen weg, Katharina.« Jockel starrte in ihr rußgeschwärztes Gesicht. Katharina war gerettet. Er hatte sie gerettet!

»Komm. Bevor das Feuer alle Gassen versperrt. Am Moor treffen wir die anderen!«

Jockel wollte noch viel mehr sagen, doch das Mädchen fasste wortlos seine Hand und hielt sie fest. Das war genug! Zusammen verließen sie hastig den Hof.

Rund um den Marktplatz verschlangen die Flammen gefräßig Ställe und Hütten. Die Kirche war ganz in sich zusammengestürzt. In der Hitze wurde der Qualm fauchend emporgetrieben.

Hoch über dem brennenden Eggebusch dehnte er sich aufgewühlt zu einer schwarzen Rauchwolke.

Christoph kehrte atemlos zu der wartenden Gruppe zurück. Er hatte eine Gasse entdeckt, die zum nördlichen Ausgang des Dorfes führte – die noch nicht von glühenden Trümmern abgeriegelt war.

Über diesen Weg sollte seine Frau zusammen mit den Kindern aus dem Dorf fliehen – und weiter. »Sobald ihr den Rand des Torfmoors erreicht habt, seid ihr in Sicherheit. Da wartet ihr!«

Er selbst musste noch einmal zur Gerberei. Vielleicht hatten die Flammen nicht alles zerstört. Vielleicht fand er etwas Werkzeug, einen Topf.

Ursula, Maria und Tobias liefen schon mit den drei Kleinen zwischen den brennenden Hütten hindurch zu der rettenden Gasse.

Nur Veit war bei dem Weißgerber zurückgeblieben. Ruhig stützte er sich auf seine Krücken und blickte verlassen den Kindern nach.

Die Zeit drängte. Eggebusch glühte. Der heiße Wind wurde unerträglich.

Kurz blieb Christoph neben dem Alten stehen. »Wenn du es schaffst. Geh doch mit uns.«

Ohne zu warten, rannte Christoph weiter.

Veit schluckte. Seine Augen erwachten. »Weißgerber!« Mit einem Ruck stieß er die Krücke nach vorn. »Beim Schmied auf der Gasse steht ein Handwagen. Da legen wir das Zeug drauf. Alles, was wir noch finden!«

Die Sprünge des Hinkenden wurden kräftiger.

Nicht Alleinsein ist ein Anfang.

Martin Opitz

TrostGedichte
in Widerwertigkeit Deß Krieges.

Das Erste Buch.

Des schweren Krieges Last / den Deutschland jetzt empfindet /
Vnd dass GOTT nicht vmsonst so hefftig angezündet
Den Eyfer seiner Macht / auch wo in solcher Pein
Trost her zu holen ist / sol mein Getichte seyn.
Diß hab ich mir anjetzt zu schreiben vorgenommen:
Ich bitte / wollest mir geneigt zu hülffe kommen /
Du höchster Trost der Welt / du Zuversicht in Noth /
Du Geist von GOtt gesandt / ja selber wahrer GOtt.
Gib meiner Zungen doch mit deiner Glut zu brennen /
Regiere meine Faust / laß meine Jugend rennen
Durch diese wüste Bahn / durch dieses newe Feld /
Darauff noch keiner hat für mir den Fuß gestellt.
Das ander ist bekandt; wer hat doch nicht geschrieben
Von Venus Eitelkeit / vnd von dem schnöden Lieben
Der blinden Jugend Lust? wer hat noch nie gehört
Wie das Poeten-Volck die grossen Herren ehrt /
Erhebt sie an die Lufft / vnd weis heraus zu streichen
Was besser schweigens werth / lest seine Feder reichen
Wo Menschen-Tapfferkeit noch niemals hingelangt:
Macht also / dass die Welt mit blossen Lügen prangt?
Wer hat zuvor auch nicht von Riesen hören sagen /
Die Wald vnd Berg zugleich auff einen Ort getragen /
Zu stürtzen Jupitern mit aller seiner Macht /
Vnd was des Wesens mehr? Nun ich bin auch bedacht
Zu sehen / ob ich mich kan aus dem Staube schwingen /
Vnd von der grossen Zahl des armen Volckes dringen /

So an der Erden klebt; Ich bin Begierde voll
Zu schreiben wie man sich im Creutz' auch frewen sol /
Seyn Meister seiner selbst. Ich wil die Pierinnen /
Die nie auff vnser Teutsch noch haben reden können /
Sampt ihrem Helicon mit dieser meiner Hand
Versetzen biss hieher in vnser Vaterland.
Es wird in künfftig noch die Bahn so ich gebrochen
Der so geschickter ist nach mir zu bessern suchen /
Wann dieser harte Krieg wird werden hingelegt /
Vnd die gewündschte Ruh zu Land' vnd See geliegt.
Da aber ich vielleicht mich höher möchte wenden /
Als dass mir müglich sey recht wieder anzulenden /
So sey es doch genung was ich zu thun begehrt:
In grossen Sachen ist auch wollen lobens werth.
Doch nein; der / den ich mir erkohren anzuflehen /
Wird seiner Gnaden Wind in meine Segel wehen /
So das mein kühnes Schiff/ das jetzund fertig steht /
Vnd auff die Höhe wil / nicht an den Boden geht.
Wann dieser Stewermann das Ruder vns regieret /
Wann dieser sanffte West wird auff der See gespüret /
Da kömpt man wol zu Port / es ist kein stürmen nicht /
Kein Kieß / kein harter Grund an dem das Schiff zerbricht.
Die grosse Sonne hat mit ihren schönen Pferden
Gemessen dreymal nun den weiten Kreiß der Erden /
Seit dass der strenge Mars in vnser Deutschland kam /
Vnd dieser schwere Krieg den ersten Anfang nahm.
Ich wil den harten Fall / den wir seither empfunden /
Vnd männiglich gefühlt (wiewol man frische Wunden
Nicht viel betasten sol) durch keinen blawen Dunst
Vnd Nebel vberziehn / wie der Beredten Kunst
Zwar sonsten mit sich bringt. Wir haben viel erlidten /
Mit andern vnd mit vns selbst vnter vns gestritten.
Mein Haar das steigt empor / mein Hertze zittert mir /

Nehm' ich mir diese Zeit in meinen Sinnen für.
Das edle Deutsche Land / mit vnerschöpfften Gaben
Von GOtt vnd der Natur auff Erden hoch erhaben /
Dem niemand vor der Zeit an Krieges-Thaten gleich'/
Vnd das viel Jahre her an Friedens-Künsten reich
In voller Blühte stund / ward / vnd ist auch noch heute /
Sein Widerpart selbselbst / vnd frembder Völcker Beute.
Ist noch ein Ort dahin der Krieg nicht kommen sey /
So ist er dennoch nicht gewesen Furchte-frey.
Das Land hat grawsamlich von Reuterey erklungen /
Der vbergrossen Last zu weichen fast gedrungen.
Kein Vorgebürge hat sich weit genung erstreckt /
Kein weiter Wald die Zahl des Heeres ganz bedeckt.
Was hilfft es / dass jetzund die Wiesen grüne werden /
Vnd dass der weisse Stier entdeckt die Schoß der Erden
Mit seiner Hörner Krafft / dass aller Platz der Welt
Wie newgeboren wird? Das Feld steht ohne Feld /
Der Acker fraget nun nach keinem grossen bawen /
Mit Leichen zugesäet; er fragt nach keinem tawen /
Nach keinem düngen nicht: Was sonst der Regen thut /
Wird jetzt genung gethan durch feistes Menschen-Blut.
Wo Tityrus vorhin im Schatten pflag zu singen /
Vnd ließ von Galathee Wald / Thal vnd Berg erklingen /
Wo vor das süsse Lied der schönen Nachtigal /
Wo aller Vogel Thon biß in die Lufft erschall /
Ach! ach! da hört man jetzt die grawsamen Posaunen /
Den Donner vnd den Plitz der fewrigen Carthaunen /
Das wilde Feldgeschrey: wo vormals Laub vnd Graß
Das Land vmbkrönet hat / da ligt ein faules Aas.
Der arme Bawersmann hat alles lassen ligen /
Wie wann die Taube siht den Habicht auff sich fliegen /
Vnd giebet Fersengeld; er selbst ist in das Land /
Sein Gut ist weg geraubt / sein Hoff hinweg gebrandt /

Sein Vieh hindurch gebracht / die Schewren vmbgeschmissen /
Der edle Rebenstock tyrannisch außgerissen /
Die Bäume stehn nicht mehr / die Gärten sind verheert;
Die Sichel vnd der Pflug sind jetzt ein scharffes Schwerdt.
Vnd dieses ist das Dorff: Wer aber wil doch sagen
Der Städte schwere Noth / den Jammer / Weh / vnd Klagen
So männiglich gefuhrt / das vnerhörte Leid /
Des Feindes Vbermuth vnd harte Grawsamkeit?
Das alte Mawerwerck ist worden auffgesetzet /
Die Thore starck verwahrt / die Degen scharff gewetzet /
Die Waffen außgeputzt / die Wälle gantz gemacht /
Die Pässe weit vmbher verhawen vnd bewacht.
Ein jeder ist verzagt: eh' als der Feind noch kommen
Da hat die Furchte schon viel örter eingenommen /
Vnd Oberhand gehabt. Mir schultert Haar vnd Haut /
Wann dass ich dencken wil / was ich nur angeschawt. /
Das Volck ist hin vnd her geflohn mit hellem hauffen /
Die Töchter sind bey Nacht auff Berge zugelauffen /
Schon halb für Schrecken todt / die Mutter hat die Zeit /
In der sie einen Mann erkandt / vermaledeyt.
Die Männer haben selbst erbärmlich müssen flehen /
Wann sie ihr liebes Weib vnd Kinder angesehen.
Die kleinen Kinderlein / gelegen an der Brust /
So noch von keinem Krieg' vnd Kriegesmacht gewust /
Sind durch der Mutter Leid auch worden angereget /
Vnd haben allesampt durch ihr Geschrey beweget;
Der Mann hat seine Fraw beweynt / die Fraw den Mann /
Vnd was ich weiter nicht aus Wehmuth sagen kan.
Viel minder werd' ich nun des Feindes harte Sinnen
Vnd grosse Tyranney genung beschreiben können /
Dergleichen nie gehört: Wie manche schöne Stadt /
Die sonst das gantze Land durch Pracht gezieret hat /
Ist jetzund Asch vnd Staub? Die Mawren sind verheeret /

Die Kirchen hingelegt / die Häuser vmbgekehret.
Wie wann ein starcker Fluss / der vnvorsehens kömpt /
Die frische Sääte stürtzt / die äcker mit sich nimbt /
Die Wälder nieder reißt / läufft ausser seinen Wegen /
So hat man auch den Plitz vnd Schwefelichte Regen
Durch der Geschütze Schlund mit grimmiger Gewalt /
Dass alles Land vmbher erzittert vnd erschallt /
Gesehen mit der Lufft hin in die Städte fliegen:
Des Rauches Wolcken sind den Wolcken gleich gestiegen /
Der Fewer-Flocken See hat alles vberdeckt /
Vnd auch den wilden Feind im Lager selbst erschreckt.
Das harte Pflaster hat geglüet vnd gehitzet /
Die Thürne selbst gewanckt / daß Ertz darauff geschwitzet;
Viel Menschen / die der Schaar der Kugeln sind entrant /
Sind mitten in die Glut gerathen vnd verbrant /
Sind durch den Dampff erstickt / verfallen durch die Wände:
Was vbrig blieben ist / ist kommen in die Hände
Der ärgsten Wüterey / so / seit die Welt erbawt
Von GOtt gestanden ist / die Sonne hat geschawt.
Der Alten grawes Haar / der jungen Leute Weynen /
Das Klagen / Ach vnd Weh / der grossen vnd der kleinen /
Das Schreyen in gemein von Reich vnd Arm geführt
Hat diese Bestien im minsten nicht gerührt.
Hier halff kein Adel nicht / hier ward kein Stand geachtet /
Sie musten alle fort / sie wurden hingeschlachtet.
Wie wann ein grimmer Wolff / der in den Schaffstall reißt /
Ohn allen Vnterscheid die Lämmer nieder beißt.
Der Mann hat müssen sehn sein Ehebette schwächen /
Die Töchter Ehrenblüht in seinen Augen brechen /
Vnd sie / wann die Begier nicht weiter ist entbrandt /
Vnmenschlich vntergehn durch ihres Schänders Hand.
Die Schwester ward entleibt in ihres Bruders Armen /
Herr / Diener / Fraw vnd Magd erwürget ohn Erbarmen:

Ja die auch nicht geborn / die wurden vmbgebracht /
Die Kinder so vmbringt gelegen mit der Nacht
In jhrer Mutter Schoß: Eh sie zum Leben kommen /
Da hat man jhnen schon das Leben hingenommen:
Viel sind / auch Weib vnd Kind / von Felsen abgestürtzt /
Vnd haben jhnen selbst die schwere Zeit verkürtzt /
Dem Feinde zu entgehn. Was darff ich aber sagen /
Was die für Hertzenleid / so nachgelebt / ertragen?
Ihr Heyden reicht nicht zu mit ewrer Grawsamkeit:
Was jhr noch nicht gethan das thut die Christenheit.
Wo solcher Mensch auch kan den Christen-Namen haben.
Die Leichen haben sie / die Leichen auffgegraben /
Die Glieder so die Erd' vnd die Natur versteckt /
Sind worden vnverschämt von jhnen auffgedeckt.
Mehr hat mich Graw vnd Schew nicht schreiben lassen wollen /
Vnd derer wegen auch die nach vns kommen sollen
(Wo daß die schlimme Welt noch länger kan bestehn)
Wil ich vnd muß auch viel mit schweigen vbergehn.
...

Erstdruck 1633. Werkregister 131.

Zu Tilman Röhrigs »In 300 Jahren vielleicht«

Das »vielleicht« im Titel ist im 35. Jahr nach dem Erscheinen des Buches fragwürdiger denn je. Den Leiden unschuldiger Menschen im Dreißigjährigen Krieg sind unzählige weitere gefolgt. Das 20. Jahrhundert – 300 Jahre nach den Verwüstungen von Eggebusch und den Qualen seiner Einwohner – wurde zum Jahrhundert der Gewalt schlechthin. Im Ersten Weltkrieg (1914–1918) wurde die Technik des Tötens so perfektioniert, dass man ihn einen Maschinenkrieg nannte. Das mörderische Potential sprengte jedes menschliche Maß und er hinterließ Opfer nicht nur auf den Schlachtfeldern. Ihm folgte (1939–1945) der Zweite Weltkrieg mit weiterem Fortschritt der Vernichtungsmaschinerie. Die Verluste waren monströs, die Zivilbevölkerung war in die Kriegshandlungen einbezogen wie nie zuvor. Insgesamt hat der Zweite Weltkrieg 55 Millionen Menschenleben gekostet. Fast die Hälfte von ihnen waren keine Soldaten. Säuglinge und Alte, Mädchen und Frauen, Männer und Jungen wurden getötet, obwohl sie mit den Kämpfen nichts zu tun hatten; weil sie als Feinde galten, weil man sie als »Untermenschen« sah, die nach dem Gebot einer Ideologie als unerwünscht vernichtet wurden, weil sie reine Objekte mörderischer Bevölkerungspolitik waren.

Oder deren Tod einfach in Kauf genommen wurde, weil Menschenleben geringerer Wert zugemessen wurde als den taktischen Erfolgen des Luftkriegs. Bomben wurden auf Städte geworfen, die nur noch als militärische Ziele im Kalkül der Feldherren erschienen. Mit den Atombomben auf Hiroshima und Nagasaki erreichte der Krieg eine neue Dimension, die zum dauernden Schrecken der Menschheit wurde.

Das darf sich nicht wiederholen, schworen die Politiker nach dem Zweiten Weltkrieg und 300 Jahre nach dem Morden der verfeindeten Christen, die den Gegensatz von protestantisch und katholisch bis zur völligen Verelendung Europas ausgetragen hatten. Ein gut gemeinter Schwur, der, wie man an den heutigen modernen Kriegen sehen kann, die mit Drohnen und Giftgaseinsätzen geführt werden, nicht so einfach umzusetzen ist.

Begonnen hatte diese Form des Kriegs, das Töten ziviler Bürger aus der Luft, im Spanischen Bürgerkrieg. Am 26. April 1937 bombardierte die deutsche Luftwaffe das Städtchen Guernica im Baskenland und machte es dem Erdboden gleich. Die deutsche »Legion Condor«, die aufseiten der spanischen Faschisten ihre Generalprobe für den späteren Einsatz im Zweiten Weltkrieg abhielt, machte Guernica zum Symbol des Kriegs gegen unbeteiligte Bürger. Pablo Picasso hat dem Schrecken, der aus der Luft über die 5.000 Einwohner von Guernica hereinbrach, in einem Gemälde festgehalten. Es sollte Mahnung sein und hat letztendlich doch so wenig bewirkt wie das ewige »Nie wieder« der Politiker. Die Verantwortung für das Massaker im Baskenland 1937 wurde lange bestritten – auch das passt ins Bild, denn wie auch die Nachrichten vom Bürgerkrieg in Syrien 2017 lehren, die zeigten, dass Giftgasangriffe gegen die Zivilbevölkerung stattgefunden haben, sind es immer »die anderen«, die gegen Kriegsrecht und Menschlichkeit verstoßen.

Trotz aller Unbelehrbarkeit gibt es dennoch auch Fortschritte bei den juristischen Regeln der Kriegsführung; das »Kriegsrecht« wurde eingeführt. Wie man mit Verwundeten umgehen muss (die man nicht mehr wie im Dreißigjährigen Krieg einfach zugrunde gehen lassen darf), wie Gefangene zu behandeln sind (die man nicht nach Willkür versklaven oder umbringen darf), nach welchen Normen zu töten ist, was Kriegsverbrechen sind, wie sie geahndet werden müssen – das alles ist geregelt und kodifiziert als Kriegsrecht. Angesichts der Verwundeten auf dem Schlachtfeld von Solferino 1859 im italienischen Einigungskrieg kam dem Schweizer Henri Dunant die humane Idee einer internationalen Organisation, dem Roten Kreuz, die, von allen Parteien respektiert, ein Minimum an Menschlichkeit wenigstens verwundeten Soldaten gegenüber garantieren soll.

In der Haager Landkriegsordnung 1899/1907 und in den Genfer Konventionen wurde ab 1864 festgelegt und international als Völkerrecht anerkannt, welche Gepflogenheiten gegenüber Zivilisten beachtet werden müssen, was beim Geschäft des Tötens im Krieg als unerlaubt gilt.

Zu den Lehren aus dem Zweiten Weltkrieg gehörte die Gründung der Vereinten Nationen im Frühjahr 1945: Als verbesserte Neuauflage des Völkerbunds sollte die UNO künftig Kriege verhindern. Und der Nürnberger Hauptkriegsverbrecherprozess sollte nicht nur die Verantwortlichen für den Zweiten Weltkrieg bestrafen, sondern neues Recht setzen, nach dem jeder Angriffskrieg und jedes Verbrechen gegenüber Zivilisten in einem Krieg bestraft werden sollten. Völkermord, die vorsätzliche Vernichtung von Menschen aufgrund ihrer ethnischen Zugehörigkeit, Religion oder Kultur wurde geächtet. Die UNO versucht, diesem Grundsatz Geltung zu verschaffen. Aber nach den Kriegsverbrechen im Zweiten Weltkrieg, nach dem Holocaust, dem Judenmord an sechs Millionen Menschen, hat es trotzdem weitere Genozide gegeben, im ehemaligen Jugoslawien, in Ruanda, in Europa, Asien und Afrika. Seit 2002 gibt es in Den Haag einen internationalen Strafgerichtshof, vor dem sich Urheber und Täter von Völkermorden verantworten müssen – nachdem die Verbrechen geschehen sind.

Die Menschheit lernt also wohl doch aus der Geschichte. Aber 300 Jahre sind offenbar zu kurz für nachhaltige Lehren. Umso notwendiger ist es, die Schrecken des Krieges zu beschreiben; ob es nun der Dreißigjährige Krieg ist, der uns kaum noch greifbar erscheint und uns nur noch durch schriftliche Zeugnisse von Zeitzeugen – wie die im Anhang dieses Buches abgedruckten *TrostGedichte in Widerwertigkeit Deß Krieges* von Opitz – vor Augen geführt werden kann, oder der Krieg in Syrien, der tagtäglich die Nachrichten beherrscht und der uns durch die aus ihm entstandene Fluchtbewegung und die riskante Arbeit der Kriegsreporter näher ist als so mancher Krieg aus früheren Zeiten.

Umso notwendiger bleibt es, der »Staatsräson«, nach der die Kriege geführt werden, individuelles Leid entgegenzusetzen. Und deshalb ist das Buch »In 300 Jahren vielleicht« so wichtig.

Rainer M. Schröder

Die wundersame Weltreise des Jonathan Blum

»Hinter dem Horizont die Freiheit! Mit dem berühmten Auswandererschiff Liberty nach Amerika!« Dieses Plakat im Rostocker Hafen braucht der jüdische Junge Jonathan Blum nicht zweimal zu lesen. Doch zu diesem Zeitpunkt im Jahr 1858 kann Jonathan nicht ahnen, dass ihn seine Suche nach Freiheit auf eine unglaubliche Reise um die ganze Welt führen wird.

Auch als E-Book erhältlich

432 Seiten • Arena-Taschenbuch
ISBN 978-3-401-51019-4
www.arena-verlag.de

Willi Fährmann

Das Jahr der Wölfe

Im Jahr 1944/45 muss die ostpreußische Familie Bienmann vor der heranrückenden Front fliehen. Der 12-jährige Konrad erlebt die bittere Wahrheit des Krieges: brennende Dörfer, Tiefflieger, Artilleriefeuer. Der Autor zeigt menschliche Größe und Schwäche, Hilfsbereitschaft und Selbstsucht bei Freund und Feind.

Arena

224 Seiten • Arena-Taschenbuch
ISBN 978-3-401-50302-8
www.arena-verlag.de

Auch als E-Book erhältlich